위대한 항해 9

2023년 12월 15일 초판 1쇄 인쇄
2023년 12월 20일 초판 1쇄 발행

지은이 이윤규
발행인 강준규

기획 이기헌 왕소현 임동관 박경무 강민구 조익현
책임편집 최전경
마케팅지원 이원선

발행처 (주)로크미디어
출판등록 2003년 3월 24일
주소 서울시 마포구 마포대로 45 일진빌딩 6층
Tel (02)3273-5135 **Fax** (02)3273-5134
홈페이지 rokmedia.com **E-mail** rokmedia@empas.com

값 9,000원

ISBN 979-11-408-1038-3 (9권)
ISBN 979-11-408-1029-1 04810 (세트)

위대한 항해

이윤규 대체역사 소설

 천도

CONTENTS

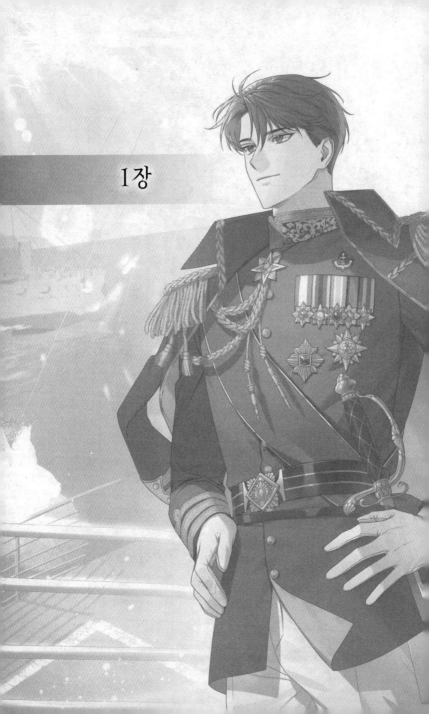

1장

10월 1일.

북벌군이 개선했다.

북벌에서 수복한 북방 영토는 당분간 군정이 실시된다. 그래서 북벌에 참여했던 대부분의 부대는 만리장성을 경계로 북방에 배치되었다.

해병대는 1개 사단이 대만주둔군이 된 까닭에 병력을 분산해야 했다. 이런 사정을 고려해 한양에서의 개선식에는 육군과 해병대에서 각 1개 여단만이 참여했다.

육로와 해로를 통해 귀환한 부대는 철도를 이용해 한양역의 광장에 집결했다. 이들을 보기 위해 어마어마한 인파가 모여들었다.

"부대 차렷!"

"어깨에 걸어총!"

"앞으로가!"

제병지휘관의 지휘로 행진이 시작되었다. 취타대의 북소리에 맞춰 보무도 당당히 행진했다.

"와!"

"만세!"

행진이 시작되자 연도에 모여든 주민들이 일제히 환호했다. 많은 주민들이 주변에서 따 온 꽃을 던지며 개선하는 장병들을 축하해 주었다.

숭례문을 지나면서 환호는 더 커졌다.

환호는 행진하는 장병들이 주작대로에 들어왔어도 줄어들지 않았다. 그러다 국왕과 내각 대신들이 광화문 누각에 나타나면서 절정을 이뤘다.

"제자리, 제자리에서!"

"부대 차렷! 세워총!"

장병들은 절도 있게 소총을 세웠다.

제병지휘관이 지시했다.

"국왕 전하께 대하여 받들어총!"

"충! 성!"

국왕이 손을 들어 답례했다.

"세워총!"

제병지휘관이 복귀 신고를 했다.

"신고합니다. 대령 이무협 외 모든 출정 병력은 북벌을 성공적으로 완수하고 귀환했습니다. 이에 주상 전하께 복귀를 신고합니다. 충! 성!"

국왕이 복귀를 승인했다.

"모두 고생들이 많았다. 과인은 모든 장병들의 귀환을 승인하노라!"

"황감하옵니다."

제병지휘관이 지시했다.

"전체 차렷! 주상 전하께 대하여 받들어총!"

"충! 성!"

국왕이 손을 들어 답례했다. 이로써 드디어 지난해 5월 시작된 북벌이 해를 넘긴 10월 1일 공식적으로 끝을 맺게 되었다.

제병지휘관이 선창했다.

"지금부터 만세삼창을 하겠다. 모든 장병들은 복창하라! 주상 전하 만세!"

모든 장병이 두 손을 번쩍 들었다.

"주상 전하 만세!"

"만세!"

이번에는 주민들도 동조했다.

"만세!"

"만만세!"

모든 대신들도 동조했다.

"만만세!"

만세 연호는 몇 번 더 이어졌다. 그때마다 장병들과 백성들은 목이 터져라 복창했다.

개선 공식 행사가 끝났다.

조일전쟁 때는 주작대로에서 농악패가 흥을 돋으며 뒤풀이가 벌어졌었다. 그런데 당시 주민들끼리 불미한 일이 꽤 일어났었다.

이번에는 그런 일을 사전에 차단하기 위해 뒤풀이를 없앴다. 그 대신 장병들이 바로 용산으로 복귀해서 별도의 행사를 갖기로 했다.

올 때와 마찬가지로 장병들은 보무도 당당하게 행진했다. 연도의 백성들은 그런 장병들이 보이지 않을 때까지 환송했다.

국왕이 대신들과 동궁으로 이동했다.

동궁의 대연회장에는 100여 명의 병력이 대기하고 있었다. 이들은 이번 북벌에 공을 세운 장병들로 해병대의 병석도 포함되어 있었다.

대진도 청국과의 협상에서 최상의 결과를 이끌어 낸 공으로 무공훈장을 받았다. 이렇게 무공훈장을 수여하는 것으로 모든 행사가 끝났다.

이후 대진은 한동안 바쁜 시간을 보냈다. 미국과 프랑스에 이어 독일과 러시아 등 몇 개의 국가와의 수교 협상을 주도 했기 때문이다.

덕분에 연말까지 쉴 틈이 없었다.

1882년.

새해가 되었다.

대진이 처와 함께 입궐했다.

"어서 오세요."

대진과 처가 국왕 부부에게 세배를 했다.

"새해에는 좋은 일만 가득하십시오, 전하."

국왕이 웃으며 답례했다.

"고맙습니다. 두 분도 올해 건강하세요."

왕비도 덕담을 했다.

"올해는 좋은 소식이 들렸으면 좋겠습니다."

대진의 처가 얼굴을 붉혔다.

"황감하옵니다."

국왕이 웃었다.

"하하하! 그게 마음대로 되면 얼마나 좋겠습니까? 생명은 하늘이 점지해 준다고 하니 분명 좋은 일이 있을 것입니다."

대진이 고개를 숙였다.

"감읍하옵니다."

"연말까지 많이 바쁘셨지요?"

"예, 수교 협상을 마무리하느라 정신이 없었습니다."

"고생 많았습니다. 이제 나라의 큰일도 대충 마무리 지어
졌으니 잠시 쉬도록 하세요. 그동안 이 특보에게 너무나 많
은 짐을 지워 주어서 과인이 늘 미안했습니다."

대진이 고개를 저었다.

"아닙니다. 지금까지보다 앞으로가 더 중요합니다. 새로 얻
은 영토에 대한 정비에도 힘써야 하고 봄이 되면 전하께서 천
자의 위에 등극하시지 않습니까? 그 일도 준비해야 하고요."

그 말에 국왕과 왕비의 용안이 환해졌다.

"그렇군요. 과인이 천자가 되는군요."

"예, 그때는 각국에서 축하 사절이 대거 입국하게 될 것입
니다. 이전이었다면 우리가 사신을 보냈겠지만 이번에는 청
국에서도 축하 사절을 보내올 것입니다."

국왕이 놀랐다.

"청국에서도 사신이 온다고요?"

"그렇습니다. 지난 종전 협상에서 약속한 부분이어서 그
렇게 될 것입니다. 그런 일들을 처리하려면 몇 개월간은 바
쁘게 지내야 합니다."

"아아! 그렇군요."

"예, 그리고 영국과의 협상도 추진해야 합니다."

"영국과는 무슨 협상을 합니까?"

"조일전쟁이 벌어질 당시 영국공사와 미리 의견을 나눴던 적이 있습니다."

대진이 대규모 투자를 유치받을 계획을 설명했다. 설명을 들은 국왕은 심각한 표정을 지었다.

"대한무역의 교역 덕분에 지금의 국고는 든든합니다. 일본과 청국으로부터 받는 배상금도 상당하고요. 그런데도 영국에서 대규모 차관을 더 들여온다는 겁니까?"

대진이 설명했다.

"그 회사는 본래 일본에 투자하려고 계획을 세우고 있었습니다. 그래서 우리가 나서지 않으면 일본은 막대한 투자를 받게 될 것입니다. 만일 일본이 영국 회사의 투자를 받게 된다면 일본은 급속히 발전할 수도 있습니다."

왕비가 그 의미를 대번에 알아들었다.

"일본의 발전을 늦추기 위해서라도 우리가 일부러 투자를 받아야 한다는 말씀이군요."

"그렇습니다. 영국의 동인도회사는 인도 대륙을 경영했을 정도로 막대한 자본력을 갖고 있었던 회사입니다. 그런 회사가 청산한 자금의 일부이니 얼마나 금액이 크겠습니까?"

국왕도 이해했다.

"무조건 받아들여야 한다는 거로군요."

"맞습니다. 그래서 이전부터 영국공사와 긴밀한 유대를 맺고 일을 추진해 오고 있었습니다."

"무슨 말인지 알겠습니다. 기왕 추진한 일이니만큼 좋은 결과가 있었으면 좋겠네요."

"최선을 다해 보겠습니다."

왕비가 질문했다.

"요양으로의 천도 계획은 잘 진행되고 있나요?"

대진이 몸을 숙였다.

"그렇습니다. 의주에서 요양까지의 도로와 철도 부설은 포로들을 대거 투입해서 엄청난 속도로 진행되고 있습니다. 압록강의 철교도 연말이면 완공을 볼 수 있을 것이고요."

왕비가 기대감을 내비쳤다.

"오! 그래요? 그렇다면 천도 이전에도 요양을 다녀올 수가 있겠네요."

"물론입니다. 철교 개통과 동시에 도로와 철도가 완공될 수 있을 것입니다."

"아아! 기대가 됩니다. 조감도로 본 요양 황궁은 참으로 크고 아름다웠는데, 빨리 가 보고 싶네요."

"이번 연휴가 끝나면 요양에 다녀와야 할 일이 있습니다. 그때 현장을 확인해서 따로 보고를 드리도록 하겠습니다."

왕비가 걱정했다.

"엄동설한입니다. 한양이 이렇게 추운데 요동은 더 춥지 않겠습니까?"

"북방이니 춥기는 하겠지요. 하지만 그런 추위는, 저도 그렇지만 우리 모두가 익숙해져야 합니다."

"그렇기는 합니다만……. 그럼 육로로 올라가실 겁니까?"

대진이 고개를 저었다.

"육로는 아직 개통되지 않아서 이런 겨울에는 천산산맥을 넘기가 어렵습니다. 그래서 이번에는 배로 넘어가 보려고 합니다."

"아! 그래요?"

국왕이 거들었다.

"빨리 길이 개통되었으면 좋겠네요. 그래서 날을 잡아 중전과 함께 다녀왔으면 좋겠네요."

"철도와 도로만 개통된다면 언제라도 다녀오시면 됩니다. 그리고 전하의 천자 등극에 맞춰 황실 전용 객차가 완성됩니다. 그 객차를 타고 가시면 편한 여행을 하실 수 있을 것입니다."

그 말에 왕비가 크게 기뻐했다.

"오! 황실 전용 객차가 완성되면 어디라도 갔다 올 수가 있겠군요."

"그렇습니다. 철도가 놓인 어디라도 어렵지 않게 다녀오실 수가 있을 것입니다."

국왕도 기뻐했다.

"고마운 말씀이네요. 기회가 되면 본토의 곳곳을 둘러봐야겠네요."

"전하께서 친림하시면 지역 주민들이 아주 좋아할 것입니다."

"음!"

국왕은 몇 번이고 고개를 끄덕였다.

그 모습을 보던 대진은 질문을 던졌다.

"전하! 연호(年號)는 무엇으로 정할지 생각해 보셨습니까?"

국왕이 고개를 저었다.

"아직은 뚜렷하게 생각나는 연호가 없네요."

"앞으로 일세일원(一世一元)의 원칙이 적용될 것입니다. 그러니 전하께서 심사숙고하셔서 연호를 제정하시기 바랍니다."

"그래야겠지요."

왕비가 질문했다.

"국호는 대한(大韓)으로 정했다고요?"

대진이 대답했다.

"내각에서 그렇게 정한 것으로 압니다."

국왕이 설명했다.

"우리나라는 과거에 삼한(三韓)으로 불리던 시절이 있었습니다. 그 삼한이 통합되면서 신라와 고려에 이어 우리 조선이 되었지요. 그런 조선이 이번에 고토를 수복하며 강역이 대폭 확장되어서 나라 이름을 대한으로 정한 것이랍니다."

"삼한에서 국호를 얻은 것이로군요."

"그렇습니다. 이제 나라가 제국이 될 것이니 앞으로는 대한제국(大韓帝國)으로 부르거나 약칭해서 한국으로 부르면 될 것입니다."

"대한제국."

왕비가 대한제국을 몇 번 되뇌었다. 그러더니 크게 흡족한 미소를 지었다.

"나라 이름이 아주 좋네요. 의미도 좋고요."

국왕도 웃으며 동조했다.

"예, 그래서 과인도 흔쾌히 동의해 준 것입니다. 이 특보가 보기에도 새로 지은 국호가 괜찮지요?"

마군은 국호 제정을 국왕에게 일임했었다. 국왕은 이를 다시 내각에 일임했는데, 그렇게 해서 정해진 국호가 대한이었다.

대진이 적극 동의했다.

"물론입니다. 제가 들어도 귀에 착 감기는 것이, 아주 좋습니다."

"하하하! 다행이네요."

대진은 한동안 국왕 부부와 정담을 나누고는 대궐을 나왔다.

그리고 10여 일 후.

대진의 처가 공손히 절을 했다.

"조심해서 잘 다녀오세요."

대진이 그녀에게 당부했다.

"몸조심하셔야 합니다. 절대 무거운 건 들지 마시고요."

그녀가 배를 쓰다듬으며 웃었다.

"예, 걱정 마세요."

대궐을 다녀온 다음 날, 대진의 처는 갑자기 헛구역질을 했다. 놀란 대진은 급히 의원을 모셔 왔는데, 그때 임신한 사실을 알게 되었다.

대진은 뛸 듯이 기뻐하며 그 소식을 가장 먼저 대궐에 알렸다. 그러자 소식을 들은 왕비는 내의원의 의관과 약재를 보내며 축하해 주었다.

그렇게 대진은 며칠 동안 꿈같은 시간을 보냈다. 그리고 다시 출장길에 오르게 된 것이다.

대진은 재차 처에게 당부했다.

"조심하세요. 이번 출장은 군정 상황과 요양을 둘러보고 올 거여서 시간이 많이 걸리지는 않을 겁니다."

"알겠습니다."

집을 나선 대진은 건설부를 들렀다.

그러고는 건설부 국장을 비롯한 몇 명의 직원과 함께 제물포로 넘어갔다.

제물포에서 배를 탄 대진은 요동의 영구(營口)로 올라갔다.

영구는 요하의 하구에 있는 항구로 요양에서 가장 가깝다. 그래서 마군은 이곳을 제물포와 같이 요양의 관문으로 만들고 있었다.

대진이 감탄했다.

"대단하군요. 불과 1년여 만에 항구 시설에 제법 많이 들어섰네요."

건설부 국장이 설명했다.

"앞으로 나라의 관문이 될 항구입니다. 적어도 몇만 톤급은 쉽게 정박할 수 있도록 항만시설을 대대적으로 확충할 계획입니다."

다른 직원이 보충 설명했다.

"이곳 영구와 요동반도의 대련(大連)은 북벌을 시작하자마자 일본인 포로를 동원해 먼저 공사를 시작했습니다. 그래서 보시는 대로 항만시설을 1차로 조성할 수 있게 되었지요."

"철도는요?"

건설부 국장이 대답했다.

"영구와 요양까지의 철도는 이미 부설을 완료했습니다. 대련에서 요양 노선은 금년 말이면 완공을 볼 수 있을 것이고요."

"공사 속도가 엄청 빠르군요. 의주와 요양 노선도 금년 말이면 준공할 수 있다고 들었습니다."

"일본인 포로들 대부분이 이제는 철도와 도로 건설에 이골이 났습니다. 그래서 공기 단축에 아주 큰 도움이 되고 있습니다."

"앞으로 부설될 북방의 철도노선 공사도 공기가 많이 단축되겠군요."

건설부 국장이 설명했다.

"그렇습니다. 만주와 요동 요서는 대부분이 평지입니다. 그래서 평지 지역은 3~4년 안에 철도노선을 전부 부설하려고 합니다. 그리고 북부 산악지대를 통과해 내몽골로 넘어가는 노선은 5년 내로 완공할 계획이고요."

"노선을 전부 복선으로 부설하고 있지요?"

건설부 국장이 고개를 끄덕였다.

"물론입니다. 본토의 산악지대도 복선으로 부설했습니다. 하물며 공사하기 편리한 북방은 당연히 그렇게 해야지요."

"포로 덕에 인력 걱정은 별로 안 해도 돼서 다행이네요. 그런데 겨울에는 공사가 없는데, 그때는 어떻게 지냅니까?"

"겨울철에는 토목공사를 하지 못합니다. 그래서 지난해까지는 각지의 수용소에서 겨울을 보내게 했었습니다. 그러다 이번에는 절반 이상을 대만과 유구로 내려보냈습니다."

대진이 크게 고개를 끄덕였다.

"아! 그렇군요. 대만과 유구는 춥지가 않아서 일을 계속할 수 있겠군요."

"예, 그렇습니다."

"귀환한 일본인 포로들이 많습니까?"

건설부 국장이 고개를 저었다.

"별로 없습니다. 일본 정부에서는 해군 승조원은 바로 속량을 주고 송환해 갔습니다. 육군의 장교들도 마찬가지고요.

그러나 나머지 포로들은 외면하고 있는 상황입니다."

동행한 직원이 부언했다.

"그래도 몇천 명은 가족들이 속량을 내주어서 돌아갔습니다."

"일본인 포로들이 노역에 대해 불만을 제기하지는 않습니까?"

"저희도 처음에는 그 점을 걱정했습니다. 그런데 의외로 순종적입니다. 관리하는 우리도 반항만 하지 않으면 기본적으로 인격적인 대우를 해 주고 있고요."

"요양에 투입된 포로들은 얼마나 되지요?"

건설부 국장이 대답했다.

"청나라 포로를 포함하면 10만입니다."

대진이 놀랐다.

"청나라 포로들도 활용하고 있습니까? 모두 만리장성 너머로 소개한 거 아닙니까?"

"북벌 초기에 만주 일대에서 체포했던 청국군의 숫자가 몇만이 되었습니다. 대부분이 이름뿐인 팔기지만 그들을 풀어주면 바로 청나라가 징병할 거여서 그대로 공사에 투입했습니다. 그러다 종전이 되었지만 요양 건설이 바빠서 그들을 그대로 노역시키고 있는 상황입니다."

"그렇군요. 나는 청국 포로는 하나도 없는 줄 알았습니다. 그런데 일은 잘합니까?"

건설부 국장이 고개를 저었다.

"그렇지 않습니다. 평생을 무위도식하던 자들이어서 일의 능률이 별로 오르지는 않습니다. 그래도 숫자가 많다 보니 공기 단축에는 제법 도움이 됩니다."

"포로들에 대한 식량은요?"

"만주 일대에서 압수한 양곡이 상당히 많습니다. 그것만으로도 몇 년은 먹일 정도가 됩니다. 더구나 만주족이 기르던 가축도 수백만 마리나 되고요."

"식량은 걱정하지 않아도 되는군요."

"그렇습니다."

대화하는 동안 배가 접안했다.

대진과 건설부 직원들이 하선해서 역으로 갔다. 그런데 역은 공사가 진행되다 겨울이어서 중단되어 있었다.

건설부 국장이 설명했다.

"요양의 관문이 될 영구여서 역사를 크게 지으려고 계획되어 있습니다. 그래서 철도부설은 완성되었지만 영구의 역사와 요양 역사는 아직 공사 중입니다."

"그렇군요."

"가시지요. 아직은 철도가 정기적으로 운행하지 않습니다. 그래서 우리가 타고 갈 특별열차가 대기하고 있을 것입니다."

"아직은 사람이 없어서 정기운행을 하지 않나 보군요."

"예, 그래서 본국에서 넘어오는 화물을 수송하거나 우리 같은 사람을 위해서만 비정기적으로 열차를 운행하고 있습니다."

대진이 역사를 가로질렀다.

철로에는 4량의 객차와 화차가 달려 있는 열차가 대기하고 있었다. 열차는 대진과 건설부 직원이 타고도 화물 선적을 위해 한동안 출발하지 않았다.

그렇게 기다림에 지쳐 갈 무렵.

빵!

철컹!

기관차가 기적을 울리고는 출발했다. 영구에서 요양까지는 130여 킬로미터로, 기차는 한 번도 쉬지 않고 달려 3시간 만에 도착했다.

건설부 국장의 설명대로 요양역의 역사도 공사 중이었다. 그런 역사의 규모는 한눈에 봐도 상당히 컸다.

"역사 규모가 대단하네요."

건설부 국장이 설명했다.

"앞으로 우리 제국의 출발역이자 종착역이 될 역사입니다. 그래서 처음부터 100년을 내다보고 건설하는 중입니다."

"그렇군요."

대진이 역사 조감도 앞으로 갔다. 건설부 국장의 설명대로 역사는 조감도부터 웅장했다.

"완공이 되면 그 위용이 대단하겠군요."

"그렇습니다."

건설부 국장이 잠시 역사에 대해 설명했다. 그 설명을 듣고 있는 동안 마차 몇 대가 다가왔다.

대진과 건설부 국장이 선두 마차에 올랐다. 그렇게 사람을 태우고는 잠시 달려 한 건물 앞에 섰다.

황도 건설 현장 사무실이었다.

대진이 마차에서 내리니 건물에서 몇 사람이 나왔다. 밖으로 나온 사람 중에는 양갑용 총감독도 있었다.

대진이 반갑게 인사했다.

"오랜만에 뵙습니다, 총감독님."

양갑용도 환하게 웃으며 반겼다.

"어서 오십시오. 그런데 정초부터 어쩐 일이십니까?"

"주상 전하께서 많이 궁금해하셔서요. 저도 자금성에서 가져온 물건을 확인할 것이 있어서 겸사겸사 찾아뵈었습니다."

"잘 오셨습니다. 어서 들어가시지요."

대진이 현장 사무실로 들어갔다.

바깥의 추운 날씨와 달리 사무실 안은 겉옷을 벗어야 할 정도로 후끈했다. 그런 현장 사무실에는 의외로 많은 사람들이 근무하고 있었다.

"정초인데도 많은 사람이 나와 있네요."

"현장이 돌아가지 않는다고 해서 우리까지 놀 수는 없는 일이지요. 그리고 이번 겨울에는 실내에서 하는 작업이 따로 있습니다."

"아! 그렇습니까?"

양갑용이 손짓했다.

"이 방으로 가 보시지오."

대진과 건설부 국장 등의 양갑용을 따라 다른 방으로 들어갔다. 그 방 안에는 10여 명의 직원들이 작업에 열중하고 있었다.

대진이 탄성을 터트렸다.

"이야! 대단하군요. 요양 신도시의 모형을 만들고 계셨군요."

양갑용이 뿌듯한 표정을 지었다.

"그렇습니다. 지난가을부터 만들기 시작했는데 지금까지 절반 정도 만들었습니다. 아마도 겨우내 만들면 완성을 볼 수 있을 것 같습니다."

황도 모형은 정교하게 작업이 되고 있었다. 그런데 모형 중 황궁은 별도로 제작되고 있었다.

양갑용이 설명했다.

"이 황궁 모형은 왕실에 진상하려고 별도로 제작하는 중입니다."

대진이 유심히 모형을 살폈다.

"놀랍도록 정교하게 제작이 되고 있군요."

"저쪽의 두 분은 군기시 출신 장인들입니다. 손재주가 좋다는 말을 듣고 한양에서 모셔 왔는데, 소문대로 뛰어나시더군요. 저분들의 도움 덕분에 모든 모형을 도면의 축적에 맞게 제작하고 있습니다. 지금도 이렇지만 다 만들어 놓으면 아마도 볼만하실 겁니다."

"예, 기대가 되네요."

"현장을 직접 둘러보시겠습니까?"

"가능하면 그렇게 했으면 좋겠네요."

양갑용이 외투를 껴입었다.

"가시지요. 제가 직접 안내를 하겠습니다."

"감사합니다."

양갑용의 안내로 대진은 요양을 둘러보기 시작했다. 날은 춥지만 다행히 눈이 내리지 않아서 어렵지 않게 둘러볼 수 있었다.

양갑용이 설명했다.

"보시는 대로 대로변의 상가는 전부 3층으로 지어지고 있습니다. 대규모 주택단지도 마찬가지고요."

대진은 설명을 들으며 주변을 둘러봤다. 그러다 우뚝 솟아 있는 굴뚝이 눈에 들어왔다.

"저 굴뚝은 무엇입니까?"

"열병합발전소입니다."

"아! 그래요?"

"요양은 처음부터 중앙난방이 공급됩니다. 그래서 네 곳에다 열병합발전소를 건설해 전기와 난방을 공급하게 되지요."

"원료로는 어떤 것을 사용합니까?"

"기본은 석탄과 석유입니다."

"석탄도 사용하는군요."

"매연이 걱정되지만 당장은 가장 값싼 연료이니 어쩔 수 없습니다. 그러나 유전이 본격적으로 개발되면 바로 중유나 석유로 대체할 수 있게 설비가 되어 있습니다."

"그렇군요. 전선도 매립하겠네요?"

"물론입니다. 요양은 처음부터 전봇대를 세우지 않을 것입니다."

양갑용의 설명을 들으며 시설을 살펴보던 대진이 입을 열었다.

"다행이네요. 그나저나 공기가 엄청 빠른 것 같습니다. 지난번에 왔을 때에 비하면 공사 속도가 엄청난 것 같습니다."

"인부들이 넘쳐 나서 그렇습니다. 저도 이 정도로 빠르게 공사가 진행될 거라고는 예상을 못 했습니다."

"역시 사람이 최고인가 보네요."

"하하하! 맞습니다."

대진은 이날 하루 종일 양갑용과 함께 요양을 둘러봤다. 그리고 다음 날, 대진은 요양성의 외곽에 있는 요양백탑을 찾았다.

이 백탑은 요나라 때 만들어져서 금나라 세종 시절 대대적으로 중수되었는데, 8각의 13층으로 높이가 무려 71m나 된다.

지난 요양 입성 당시 청군이 일부러 요양을 불 질렀었다. 그러나 다행히도 요양백탑은 성에서 떨어져 있었기에 화마 (火魔)를 피할 수 있었다.

　이런 곳을 대진이 찾은 까닭은 이 탑의 옆에 광우사란 절이 있기 때문이다. 광우사의 각 전각을 비롯해 새롭게 만든 창고에는 자금성의 각종 물건이 보관되어 있었다.

　절을 경비하는 무관이 경례했다.

　"충성! 어서 오십시오, 특보님."

　자금성에서 가져온 물건치고 귀중하지 않은 것이 없다. 그래서 처음부터 삼중사중으로 포장을 잘 씌워서 보호한 뒤 이송했다.

　그렇게 이송해 온 물건들을 보관도 철저하게 했다. 습도 조절이 잘되는 창고를 건설했으며 경비도 철저하게 서고 있었다.

　대진이 무관을 위로했다.

　"고생이 많네."

　"아닙니다. 맡은 임무여서 열심히 하고 있을 뿐입니다."

　"고마운 말씀이야. 절에는 누가 있는가?"

　"청국 환관들이 물건들을 관리하고 있습니다."

　"안내해 줄 수 있겠나?"

　"물론입니다. 저를 따라오십시오."

　"그런데 통역은 구할 수 없겠나?"

"통역은 제가 하면 됩니다. 그리고 환관들이 이제는 우리 말을 꽤 잘해서 간단한 대화 정도는 나눌 수 있습니다."

"오! 그거 아주 다행이구나."

요양백탑의 절은 상당히 넓었다.

그럼에도 절의 공터 거의 대부분에 새로 지은 창고들이 빼곡하게 들어서 있었다. 그런 창고들에는 여지없이 병력이 배치되어 있었다.

무관은 대진을 요사채로 안내했다.

"이곳에 관리 사무실이 있습니다."

무관이 문을 두드렸다.

"안에 누구 있습니까?"

그러자 문이 열리고 나이 든 청국 환관 한 명이 방에서 나왔다. 대진은 낯익은 환관을 보고는 환하게 웃었다.

대진이 먼저 인사했다.

"오랜만입니다, 태감."

대진을 본 환관이 급히 몸을 숙였다.

그런 환관의 얼굴에도 기쁜 기색이 역력했다. 환관이 어색하지만 우리말로 인사를 했다.

"오랜만에 뵙습니다, 특보 대인. 그동안 잘 지내셨사옵니까?"

대진이 고개를 끄덕였다.

"나야 늘 여전하지요. 연수 태감께서는 어디 불편한 데라도 있습니까?"

연수가 고개를 저었다.

"아닙니다. 너무도 잘해 주셔서 편하게 지내고 있습니다."

"우리말을 제법 잘하시는군요."

연수가 두 손을 모았다.

"죽기를 각오하고 배우고는 있으나 아직 많이 부족합니다."

"아닙니다. 이 정도면 금방 능숙해지겠어요."

"아직은 많이 부족합니다. 황상과 황실 어른을 모시려면 하루빨리 능숙해져야 합니다."

대진은 그의 적극적인 태도가 마음에 들었다.

그런데 달라진 점은 그뿐만이 아니었다.

대진이 놀라 질문했다.

"변발을 없앴군요."

연수가 웃으면서 머리를 만졌다.

"조선에는 변발을 하지 않는다고 들었습니다. 그래서 미리 머리를 정리했습니다."

대진이 크게 기뻐했다.

"잘하셨습니다. 여러분이 먼저 적극적으로 바뀌면 다른 사람들도 바로 알아줄 것입니다."

연수도 기대감을 숨기지 않았다.

"예, 기왕 조선 사람이 되기로 마음먹은 것, 아예 속까지 바뀌려고 합니다."

대진은 흡족한 미소를 지으며 연신 고개를 끄덕였다.

이때 갑자기 세찬 바람이 불었다. 대진이 옷깃을 여몄다.

"북경보다 날씨가 많이 차지요?"

연수가 두 손을 모았다.

"조금 더 춥지만 크게 다르지는 않습니다. 그리고 군에서 원료 보급을 잘해 주셔서 추위를 거의 느끼지 못하고 있습니다."

"그렇다면 다행이군요."

대화를 하는 동안 방 안에 있던 환관들도 모두 나와 인사를 했다. 대진이 그들과 인사를 마치자 연수가 권했다.

"안으로 드시지요."

"그럽시다."

요사채의 내부는 의외로 넓었다. 그런 실내는 연수의 말대로 난로의 열기 덕분에 훈훈했다.

연수가 차를 내오게 했다.

"드십시오. 다행히 북경에서 좋은 차를 많이 가져올 수 있어서 겨울을 잘 보내고 있습니다."

"고맙습니다."

대진이 찻잎이 우러날 때까지 기다렸다. 그러고는 뚜껑을 열어서는 찻잎을 후후 불며 마셨다.

"아! 좋군요."

"예, 황제께서 드시는 차는 아니지만 꽤 좋은 품종입니다."

부드러운 차향이 온몸을 따뜻하게 해 주었다. 그렇게 몇 모금을 마시던 대진은 탁자 위의 서류를 봤다.

"무슨 서류입니까?"

연수가 설명했다.

"북경에서 가져온 물건의 목록을 정리해 놓은 것입니다."

"아! 그래요?"

"예, 워낙 물건이 많아서 이렇게 정리해 놓지 않으면 어디에 뭐가 있는지 알 수가 없습니다."

"잘되었군요."

대진이 방문 이유를 설명했다.

"3월 초하루에 칭제건원을 하게 됩니다."

연수가 크게 고개를 끄덕였다.

"드디어 전하께서 천자의 위에 오르시는군요."

"그렇습니다. 그래서 천자께서 천제를 지내는 원구단(□丘壇)을 만들고 있습니다만 문제는 황궁이 될 각 궁궐의 물건들입니다."

연수가 대번에 알아들었다.

"한양 궁성의 내부 장식을 황궁에 맞게 바꾸시려는 거로군요."

"예, 그래서 태감을 찾게 되었습니다. 어떻게, 가능하겠습니까?"

연수는 두말하지 않았다.

"물론입니다. 북경에서 가져온 옥좌를 비롯한 왕궁 내부 장식이 상당히 많습니다. 그 장식들을 그대로 가져가서 조금만 손을 보면 바로 사용이 가능합니다."

대진이 기뻐했다.

"그렇다면 다행이군요."

"그런데 기왕이면 외양도 황궁에 걸맞게 바꿔야 하지 않겠습니까? 그러려면 가장 먼저 기와를 황금유리기와로 바꿔야 하고요. 소인은 유리기와가 청국에서 매월 일정량이 들어오고 있는 것으로 알고 있습니다만."

"음! 지붕도 바꾸는 것이 좋겠다는 말이군요."

"예, 다른 장식은 손댈 필요가 없지만 기와만큼은 바꾸도록 하시지요."

다른 환관도 권했다.

"그렇습니다. 조선은 이제 청국보다 강대한 나라입니다. 그런 조선의 한양 정궁만큼은 황금기와로 덮어야 위신이 서지요."

"좋습니다. 그 문제는 돌아가서 긍정적으로 논의해 보도록 하지요. 그리고 연수 태감을 비롯한 환관 몇 분이 이번 천자 즉위식에 도움을 주셨으면 합니다."

연수가 반색했다.

"당연히 그렇게 해야지요. 그리고 가능하다면 우리 모두 전하를 뵙고서 충성 맹세부터 하고 싶습니다."

대진이 바로 고개를 끄덕였다.

"좋습니다."

대진이 무관을 바라봤다.

"이분들이 본국을 잠시 다녀오는 데에 문제가 있나?"

무관이 고개를 저었다.

"지금은 겨울이어서 전혀 문제가 없습니다."

"잘되었구나. 그러면 여러분께서는 나와 함께 한양부터 다녀옵시다."

연수가 바로 일어섰다.

"알겠습니다. 우선은 특보님께서 말씀하신 장식물부터 챙기도록 하겠습니다."

"그렇게 하세요."

대진은 경복궁의 도면을 넘겨주었다. 그것을 받아 든 연수와 청국 출신 환관들은 사흘 동안 창고를 뛰어다니면서 필요한 물건을 찾아냈다.

그러한 물건들은 전부 마차를 이용해 역으로 옮겨졌다. 전부 다 소중히 다뤄야 할 물건이었기에 역까지 옮기는 데만 이틀이 걸렸다.

그러고는 두 번의 열차가 운행하면서 물건을 날랐다. 그렇게 영구로 넘어온 물건은 다시 배에 실려 제물포로 내려왔다.

북경에서 조선군을 따라 요양으로 넘어온 청국 환관은 200명이었다. 이들 중 30명은 열하의 피서산장을, 20명은 심양의 황궁을 관리하러 파견을 나가 있었다.

그리고 남은 150명이 대진을 따라왔다. 제물포로 내려온 대진은 물건을 하역하고는 먼저 한양으로 건너왔다.

"전하, 이 특보 드셨사옵니다."

"들라 하라!"

대진이 안으로 들어가니 마침 대원군이 들어와 있었다.

"어서 오세요, 이 특보."

"예, 전하. 저하께서도 들어와 계셨습니까."

대진이 인사하자 대원군이 웃으며 환대했다.

"어서 오게. 요양을 다녀왔다고?"

"그렇습니다."

대진이 상황을 보고했다.

"⋯⋯그래서 경복궁을 황궁의 지위에 맞게 용품부터 자금성의 물건으로 교체하려고 합니다."

국왕은 이미 들었던 말이었다. 대원군도 두말하지 않고 바로 동조했다.

"잘했네. 말만 바뀌는 것이 아니라 전체가 바뀌는 것이 맞겠지."

"예. 그리고 청국 출신 환관들이 전하의 천자 즉위에 적극 참여하기로 했습니다. 그러자면 그 전에 전하께 충성 맹세를 해야 해서 지금 저와 함께 제물포에 내려와 있습니다."

대원군이 반색했다.

"오! 그거 아주 잘했구나. 그렇지 않아도 주상의 천자 즉위식에 청국 출신 환관들이 참여한다는 말은 들었네."

국왕도 두말하지 않았다.

"잘하셨네요. 모두 내려온 것입니까?"

"아닙니다. 열하의 피서산장과 심양 황궁을 지키는 환관 50명은 함께 오지 못했습니다. 그들은 다음에 시간을 내서 따로 불러내겠습니다."

"그러세요."

"그러면 동궁의 연회장에 자리를 마련하라 이르겠습니다."

"그렇게 하세요. 그런데 환관의 가족을 따로 불러 주기로 한 것으로 아는데, 그건 어떻게 되었지요?"

국왕의 질문에 대진이 설명했다.

"올 수 있는 사람은 겨울 이전에 모두 넘어왔다고 합니다. 그리고 피난을 가서 못 온 사람은 청국과 협의해서 지속적으로 불러들이기로 했고요. 만리장성을 넘어오는 환관의 가족들은 전부 귀화하는 조건을 수용하였습니다."

국왕이 흡족해했다.

"역시 이 특보의 일 처리는 깔끔하군요. 가족들이 귀화를 했다면 환관들도 전부 조선 사람이 된 것이군요."

"물론입니다. 우리를 따라오기 전에 이미 귀화해서 신분상으로는 우리나라 사람이 맞습니다."

대진의 설명을 들은 국왕은 온화한 미소를 띠며 말했다.

"어떤 사람들인지 궁금하네요."

그리고 얼마 후.

대진이 동궁의 연회장으로 청국 출신 환관들을 데리고 들어갔다. 대부분의 환관들은 불안감과 기대감이 상존하는 표정을 하고 있었다.

"국왕 전하 납시오!"

그 외침에 청국 환관들은 일제히 몸을 숙였다. 그리고 문이 활짝 열리면서 국왕과 대원군 그리고 왕비와 세자를 비롯한 왕실 가족이 안으로 들어왔다.

국왕이 건물의 중앙에 섰다.

그러자 상선이 소리쳤다.

"모두 주상 전하께 예를 다하라!"

청국 출신 환관들이 일제히 소리쳤다.

"하늘같으신 주상 전하를 뵙습니다! 만세! 만세! 만만세!"

그리고는 일제히 부복했다. 순간 방 안에는 숨소리 하나들리지 않았다.

그런 침묵을 국왕이 깼다.

"모두들 일어나라."

상선이 소리쳤다.

"평신(平身)!"

청국 출신 환관들이 일제히 일어났다.

환관 중 직책이 가장 높은 연수가 한 발 앞으로 나섰다. 그는 청국 방식으로 옷을 털고서 무릎을 꿇고는 두 손을 잡고 위로 올렸다.

"소인 연수와 저희 모두는 지금부터 죽어서까지 왕실과 주상 전하께 충성을 다할 것입니다. 부디 소인의 충성을 받아 주십시오."

약간은 어색하지만 분명한 우리말이었다. 국왕은 그런 연수의 우리말에 놀라면서도 기뻐했다.

"환관의 임무는 알고 있느냐?"

"환관은 오직 주군께만 입을 엽니다. 그리고 주군이 말을 하지 않아도 죽을 자리를 알아서 찾아가야 하옵니다."

"지금까지 청국 황제를 모셨는데 과인에게 새로 충성을 할 수 있겠느냐?"

연수가 두 손을 다시 움켜쥐었다.

"소인이 북경을 떠날 때 과거의 저는 이미 죽었사옵니다. 지금부터의 소인에게는 오직 주상 전하와 왕실만이 있을 뿐이옵니다."

입속의 혀 같은 말이었다. 그럼에도 거듭된 충성 맹세에 국왕의 용안이 밝아졌다.

"좋다. 너의 충성을 과인이 받아 주도록 하마."

"황감하옵니다."

연수가 일어나서는 몸을 숙였다.

그러고는 뒤로 몇 발자국 물러서자 다른 환관들이 차례로 나섰다. 환관들은 자신의 서열에 따라 때로는 2명이, 때로는 10여 명이 함께 충성 맹세를 했다.

국왕은 일일이 그런 환관들의 충성 맹세를 받아 주었다.

그렇게 모든 환관의 충성 맹세를 확인한 국왕은 상선을 바라봤다.

"상선은 이들을 잘 이끌어야 할 것이다."

상선이 몸을 숙였다.

"성심을 다해 전하와 왕실에 충성을 다할 수 있도록 만들겠사옵니다."

"오냐, 그리하라!"

국왕이 몸을 돌렸다.

상선이 소리쳤다.

"주상 전하께서 나가신다! 모두 예를 갖춰라!"

청국 출신 환관들이 일제히 몸을 접었다. 국왕이 나가자 상선이 대진에게 다가왔다.

"이제부터는 저희가 알아서 하겠습니다."

대진도 바로 물러섰다.

"저는 이만 돌아가 보겠습니다."

상선이 고마워했다.

"저희가 해야 할 일을 해 주셔서 감사합니다."

"아닙니다. 나라를 위하는 일인데 누가 한들 어떻겠습니까?"

인사를 마친 대진은 몸을 돌렸다. 그런 대진을 보고서 상선이 길게 읍을 했다.

다음 날부터 대궐이 바쁘게 돌아갔다.

청국 환관들은 상선의 지시를 받아 가면서 최선을 다했다. 덕분에 경복궁의 내장은 하루가 다르게 새 모습으로 바뀌어 갔다.

그리고 3월 1일.

이른 아침, 국왕은 이제는 태묘로 바뀔 종묘를 찾았다. 그러고는 모든 열성조들에게 술을 올리면서 천자가 되었음을 고했다.

이어서 대기하고 있는 마차에 올랐다. 국왕을 태운 마차는 천천히 한양을 가로질러 원구단이 세워진 곳으로 갔다.

원구단 주변에는 이미 입추의 여지도 없이 수많은 사람들이 모여 있었다. 그런 원구단의 입구에는 만조백관들이 대기하고 있었다.

국왕은 주변을 한번 둘러봤다. 그러고는 숨을 크게 한 번 쉬고서 거침없이 걸음을 옮겼다.

2장

국왕은 내관들의 도움을 받으며 원구단으로 들어섰다. 대기하고 있던 수상과 전·현직 대신들이 일제히 몸을 숙였다.

수상이 대표로 나섰다.

"어서 오십시오, 전하."

"고생이 많습니다."

수상이 권했다.

"원구단으로 오르시지요."

원구단의 바닥은 네모나며 그런 바닥의 위로는 둥근 구조물이 세워져 있었다. 이러한 형태는 천원지방(天圓地方)의 사상에서 나왔다.

천원지방은 하늘은 둥글고 땅은 모나다는 뜻이다. 고대 중국의 천문학서인 《주비산경(周髀算經)》에서 나온 학설로, 동양에서는 오랫동안 이 사상이 신봉되어 왔다.

그런 사상에 맞춰 원구단이 지어진 것이다.

국왕이 원구단에 올라 천제를 지냈다. 이어서 바로 뒤에 있는 황궁우(皇穹宇)로 가서 천지신과 일월신 등에게 술을 올리며 자신의 등극을 고했다.

국왕이 황궁우에서 제를 마치고 나왔다. 그런 국황에게, 대례복을 받아 들고 있던 수상이 권했다.

"전하! 이제 천자의 위에 오르셔서 억조창생을 굽어살피시옵소서."

국왕이 겸양했다.

"불민한 과인이 하늘의 뜻을 잘 받들 수 있을지 걱정이오."

"전하께서는 충분히 감내하실 수 있을 것이옵니다."

이어서 두 번의 권유 절차를 거쳤다.

그리고 내관들의 도움을 받아 곤룡포를 벗고 천자의 대례복으로 갈아입은 다음, 익선관을 벗고서 12류 면류관을 썼다.

청국 출신 환관이 백옥(白玉)으로 만든 규(圭)를 두 손으로 공손히 바쳤다. 국왕이 규를 받아 들자 수상이 두 팔을 번쩍 들었다.

"황제 폐하 만세!"

모든 대신들이 복창했다.

"황제 폐하 만세!"

"만세!"

"만세!"

"만만세!"

"만만세!"

만세삼창 선창과 복창이 있었다.

이어서 수상이 권했다.

"폐하! 이제 환궁하시어서 국제와 연호를 반포하시옵소서."

"그럽시다."

상선이 소리쳤다.

"황제 폐하께서 거둥하신다! 모두 예를 다하라!"

모든 대신들이 일제히 몸을 숙였다.

그것을 확인한 상선이 공손히 권했다.

"폐하! 거둥하시옵소서."

"고맙다, 상선."

황제가 천천히 걸음을 옮겼다.

그런 황제를 예복을 입은 금위군이 호위했다.

금위군의 호위를 받은 황제가 원구단을 나와 마차에 올랐다. 이어서 주요 대신들이 일제히 몸을 바로 하고서 대기하고 있던 마차에 올랐다.

황제의 마차 행렬이 한양을 가로질렀다. 행렬을 본 연도의 백성들은 하나같이 환호를 보냈다.

백성들의 열렬한 환호를 받으며 경복궁에 도착한 황제는

전·현직 대신들과 광화문을 통과했다.

황제가 광화문을 통과하자 수문장이 소리쳤다. 이어서 대기하고 있던 병사가 대고(大鼓)를 쳤다.

"황제 폐하께서 환궁하셨다!"

둥! 둥! 둥!

경복궁을 엄중 수비하고 있던 금위군이 일제히 몸을 숙였다. 그런 중앙으로 황제가 거침없이 걸음을 옮겼다.

그러던 황제가 인정문(仁政門)에서 걸음을 멈췄다. 대원군을 비롯한 여러 종친들이 기다리고 있었기 때문이다.

대원군이 환하게 웃었다.

"어서 오세요, 황상."

"아버지."

대원군이 흐뭇하게 황제를 바라봤다.

"허허허! 오늘은 평상시보다 더욱 헌앙하십니다."

"감사합니다."

대원군이 몸을 비켰다.

"오르시지요."

"함께 가시지요, 아버지."

"예, 신이 호종을 하겠습니다."

황제가 문을 넘었다.

내관이 소리쳤다.

"황제 폐하께서 납시었소! 모두 예를 갖추시오!"

인정전 뜰에는 만조백관들이 품계에 맞춰 대기하고 있었다. 모든 관리들이 내관의 지시에 맞춰 일제히 몸을 숙였다.

황제가 뜰의 중앙에 놓인 어도를 걸었다. 그런 황제의 옆으로 대원군과 전·현직 대신들이 따랐다.

인정전 기단의 상부에는 자금성에서 가져온 구룡보좌(九龍寶座)가 놓여 있었다. 그런 보좌의 뒤로는 황금으로 장식된 화려한 받침이 놓여 있었다.

전·현직 대신들은 기단 부분의 가장 아래에 자리했다. 그 바로 위로는 종친들이 자리했으며 대원군은 황제의 보좌 바로 아래에 머물렀다.

황제가 가장 상단에 올랐다.

미리 대기하고 있던 왕비와 세자 그리고 대왕대비와 비빈들이 일제히 몸을 숙였다. 황제도 그들에게 인사를 하고는 보좌 앞에 섰다.

이어서 예법에 따라 즉위식이 거행되었다. 엄숙하고 장엄한 예식은 꽤 오래 진행되었다.

황제의 즉위 조서도 반포되었다.

"봉천승운(奉天承運) 황제는 말한다."

이렇게 시작된 즉위 조서에는 즉위의 당위성과 각종 내용이 담겨 있었다. 그리고 국호와 연호도 반포되었다.

"국호는 대한(大韓)으로 하면 연호를 광무(光武)라 한다."

대진도 대신들과 함께했다. 그런 대진은 기단에서 연호를 들으며 묘한 기분을 느꼈다.

'역시 광무를 선택했구나. 우리가 오면서 역사가 완전히 바뀌었는데 국호와 연호만큼은 그대로야.'

대진뿐만이 아니었다.

마군 출신 상당수가 관리로 진출했다. 그런 마군 출신 관리들과 지휘관들은 즉위 조서를 들으면서 남다른 기분을 느꼈다.

그렇다고 그게 나쁜 것은 아니었다.

'국호와 연호가 무엇으로 바뀌면 어떻고, 또 그대로면 어때. 중요한 사실은 우리가 역사를 바꿨다는 것이다. 그리고 그렇게 바뀐 역사가 앞으로의 세상을 바꿔 나간다는 사실이 더 중요하다.'

이런 생각을 하니 이 상황이 더없이 기꺼웠다.

그렇게 즉위 조서가 반포되었다.

황제는 대왕대비를 태황태후로 왕비를 황후로 세자를 황태자로 책봉했다. 이어서 대원군을 대원왕에 책봉하는 것을 비롯해 황실 종친들에 대한 대대적인 봉작이 있었다.

조선의 종친은 대군과 군 그리고 도정(都正)을 비롯한 품계로 이어진다. 이런 품계를 친왕과 군왕 그리고 공후백자남의 작위로 봉작한 것이다.

이뿐만이 아니었다. 황제는 크게 공훈을 세운 사람에게도 작위를 수여했다.

손인석이 공작의 작위를 받았다.

이어서 몇 번의 전쟁에서 큰 공을 세운 지휘관에게도 작위가 수여되었다. 수상을 비롯한 전·현직 대신 일부에게도 작위가 수여되었다.

국가 발전에 공이 많은 마군 지도자들 상당수도 봉작되었다. 대진도 그간의 공적을 인정받아 백작(伯爵)의 작위를 수여받았다.

따로 식읍(食邑)이 하사되지는 않았다. 그 대신 만주 외곽의 땅을 몇십만 평에서 백여만 평씩을 받았다.

이 땅들은 척박해서 당장은 쓸모가 없었다. 그래서 조선 출신들은 대부분 형식적인 의미로 생각했다.

그러나 마군들은 아니었다.

마군들은 영지를 송화강과 눈강 유역의 척박한 땅으로 받기를 원했다. 황제는 이 요청을 흔쾌히 받아들였으며 그동안의 공적을 감안해 면적을 2배로 늘려 주었다.

마군들은 이 토지를 전부 대한제단에 넘겼다. 대한제단은 마군들과 후손의 미래를 위해 이번에 새롭게 창설한 단체다.

이 지역의 지하에는 대규모 유전이 매장되어 있다. 본래는 중국 정권 수립 10주년 되던 해에 발견되면서 대경유전(大慶油田)으로 불리었다.

이 유전의 발견으로 중국은 석유를 자급하게 되었으며 북한과 베트남에도 수출하였다. 그런 대경유전은 이후 수십 년 동안 중국의 공업 발전에 견인차 역할을 하였다.

그만큼 매장량도 많고 지역도 넓다.

마군은 이렇듯 국익에 반하지 않는 범위에서 자신들의 미래 기반이 될 자원을 하나 챙겼다.

이날 오후.

동궁의 대연회장에서 제국 선포와 황제 즉위 축하 연회가 열렸다. 이 연회에는 한양에 주재하는 외교관들도 전부 초대되었다.

연회에는 황제 내외도 참석했다.

황제는 연회에 참석한 서양 외교관들의 하례를 받았다. 연회에는 천진에서 활동하는 서양악단에 특별히 초대되어 흥을 돋우었다.

대진도 연회에 참석했다. 그리고 서양 외교관들과 반갑게 인사를 나누었다.

그러던 대진이 영국공사 해리 스미스 파크스를 보고서 환하게 웃었다.

"어서 오십시오, 공사님."

해리 파크스도 웃으며 손을 내밀었다.

"백작에 서임된 것을 축하합니다."

"이런, 벌써 소문이 공사님께 흘러 들어갔습니까?"

해리 파크스가 호탕하게 웃었다.

"하하하! 이 백작께서는 조선, 아니 이제는 한국이지요. 한국의 외국 수교에 가장 큰 공을 세운 사람 아닙니까? 그런 이 백작님을 우리 외교관들이 모를 리가 있겠습니까? 당연히 소문이 날 수밖에요."

대진이 머쓱해했다.

"제가 그렇게 유명한 사람일 줄은 몰랐습니다."

"오! 이런, 안타깝습니다. 다른 사람들은 다 알고 있는 사실을 당사자께서 모르시다니요."

"하하! 그렇습니까?"

해리 파크스가 연회장을 둘러봤다.

"그런데 이 연회장의 규모가 상당하군요. 동양에서 이렇게 크고 넓은 연회장은 처음 봅니다."

"파크스 공사께서 이곳은 처음이신가 봅니다."

"그렇습니다. 별궁은 귀국 황제 폐하를 뵙기 위해 몇 번 방문했지만 동궁은 처음입니다."

그제야 대진이 그의 말뜻을 이해했다.

"하긴, 황실에서 공식 연회를 베푼 경우는 이번이 처음이니 그럴 만도 하겠습니다."

이때 루시우스 H. 푸트(Lucius H. Foot) 미국공사가 다가왔다.

"무슨 대화를 그리 재미있게 하십니까?"

영국공사가 반갑게 맞았다.

"오! 어서 오시오, 푸트 공사."

푸트 공사가 대진에게 손을 내밀었다.

"백작에 서임되신 것을 축하드립니다."

"감사합니다, 공사님."

해리 파크스 공사가 설명했다.

"저도 마침 이 백작님의 작위 수여를 축하하는 참이었습니다."

"그러면 제가 마침 잘 왔군요. 저도 이 백작님의 작위 수여를 축하드리기 위해 왔는데 말입니다."

"하하! 그렇군요."

이어서 몇 명의 외교관들이 더 대진을 찾았다. 그들은 하나같이 대진의 백작 서임을 축하해 주었다.

그러다 보니 대진의 주변이 외교관들로 왁자해졌다. 그 바람에 대진이 연회의 주인공같이 되어 버렸다.

이런 자리를 대원왕이 찾았다.

"허허허! 무슨 대화를 그리 재미있게들 하시나."

대원왕이 다가오자 외교관들이 일제히 묵례를 했다. 대진도 정중하게 고개를 숙이고는 상황을 설명했다.

"모두들 저의 백작 서임을 축하하고 있었습니다."

대원왕이 고개를 끄덕였다.

"이 백작은 충분히 인사를 받아도 돼. 그동안 우리가 외교적으로 거둔 성과의 대부분은 이 백작의 공적이잖아."

해리 파크스가 적극 동조했다.

"맞는 말씀입니다. 우리가 이처럼 편하게 업무를 볼 수 있는 것은 이 백작이 사전에 입장을 정리해 준 덕분입니다."

대진이 고개를 숙였다.

"좋게 봐주셔서 감사합니다."

한껏 웃음을 짓고 있던 해리 파크스가 슬쩍 문제를 지적했다.

"그런데 이제는 한국도 외교관을 각국으로 파견하셔야지요? 귀국이 외국에 공관을 개설한 것은 일본이 유일하지 않습니까?"

대진이 설명했다.

"맞습니다. 지금까지는 청국과의 전쟁 때문에 외교 활동을 거의 하지 않고 있었습니다. 그리고 국호 변경과 국제 변경도 기다리고 있었고요. 그러나 이제는 그런 문제점이 모두 해결되었으니 각국에 외교관을 본격적으로 파견할 것입니다."

"이미 준비는 되어 있었다는 말씀이군요."

"그렇습니다."

해리 파크스가 궁금해했다.

"외국에 주재할 공사들은 일본처럼 신진 인사들로 파견됩니까?"

대진이 고개를 저었다.

"아닙니다. 우리 대한제국을 대표할 공사분들은 황족이나 외무 경험이 많은 전직 고관들이 주로 임명될 것입니다. 그대신 공사를 보좌할 실무자들은 외무부의 신진 관리들로 임명될 것이고요."

해리 파크스가 고개를 끄덕였다.

"신구가 조화를 이룬다면 그보다 좋은 일은 없겠지요."

대원왕이 거들었다.

"우리나라에는 외교 경험이 많은 전직들이 의외로 많소이다. 그런 분들이 경륜만 제대로 살린다면 본국의 외교에 큰 도움이 될 것이외다."

"기대가 큽니다. 하지만 한국은 대외 접촉이 청국 이외에는 거의 없었지 않습니까? 그런 부분이 약점이 될 수가 있을 터인데요."

대진이 설명했다.

"그 점은 조금도 걱정하지 않아도 됩니다. 우리는 지난해부터 각국에 파견할 외교관들에 대한 전문적인 교육을 실시해 오고 있습니다."

해리 파크스가 놀랐다.

"오! 그렇다면 우리 영국에 파견할 분들도 교육을 많이 받으셨겠습니다."

"물론입니다. 그리고 공사님과의 약속을 이행하기 위해 영국 본토는 물론 홍콩에도 우선적으로 영사관을 설립할 것입니다."

해리 파크스가 감탄했다.

"역시 이 백작이십니다. 백작께서는 저와 일본에서 한 약속을 잊지 않고 계셨군요."

"물론입니다. 저도 그렇지만 우리 제국은 한 번이라도 은혜를 입었다면 절대 잊지 않습니다."

해리 파크스가 싱긋이 웃었다.

"원한도 절대 잊지 않는 나라가 한국이지요. 지난 몇 년 동안 수백 년 전의 원한을 잊지 않고 풀어 버렸지 않습니까."

대원왕이 호탕하게 웃었다.

"하하하! 사람도 그렇지만 나라도 은원이 분명한 것이 좋지요."

대진도 적극 동조했다.

"맞는 말씀입니다. 지금도 그렇지만 앞으로도 우리 대한 제국은 은원을 분명히 하는 나라가 될 것입니다."

서양 외교관들은 일본·청국과 연이어 전쟁이 일어난 원인을 모두 알고 있었다. 그랬기에 하나같이 고개를 끄덕이며 대진의 말에 동조했다.

푸트 미국공사가 강조했다.

"이제 우리 미합중국은 귀국과 조금의 은원도 없습니다. 그러니 앞으로는 양국 간에 좋은 일만 가득하도록 노력합시다."

대진도 동조했다.

"그래야겠지요. 우리 제국도 미합중국과는 언제까지라도 선린 우호 관계를 유지할 것입니다."

"고마운 말씀이군요."

푸트 공사가 잔을 들었다.

"자! 그런 의미에서 우리 모두 건배를 합시다."

해리 파크스도 적극 동조했다.

"좋습니다."

두 사람이 잔을 들자 모든 외교관들도 동시에 잔을 들었다. 대진도 잔을 들어서는 그들에게 감사를 표시하고는 단숨에 비웠다.

며칠 후.

경복궁 동궁의 소연회장에서 행사가 열렸다. 이 행사는 앞으로 동서양 각국에 주재하게 될 공사와 외교관을 위한 자리였다.

황제는 각국에 파견될 공사들에게 신임장을 수여했다. 공사와 동행할 외교관들에게는 임명장을 수여했다.

공사들의 상당수는 작위를 가진 황족과 전임 고관들이었다. 이들은 하나같이 기대감과 긴장감의 역력한 표정들이었다.

황제는 이들에게 당부했다.

"각국에 주재하게 될 공사들은 이제 제국이 된 우리 대한의 얼굴들이다. 나라를 대표하는 자리에 있는 만큼 매사에 신중하고 또 당당해야 할 것이다."

모두가 일제히 고개를 숙였다.

"명심하겠습니다."

"그런 공사들을 보좌해 실무를 담당하게 될 외교관들은 들

위대한
항해

으라."

"하교하여 주십시오."

"그대들의 제대로 된 업무 처리가 곧 국익에 도움이 됨을 명심하라. 아울러 타국에서 주재하는 데 있어서 나라의 체면을 손상시키는 어떠한 행동도 해서는 아니 된다."

"명심하겠습니다."

"짐은 여러분을 믿는다."

모두가 소리쳤다.

"성심을 받들어 모시겠사옵니다!"

황제가 고개를 끄덕였다. 그러고는 외교관들의 옆에 있는 대진을 바라봤다.

"이 백작이 또 외국 출장을 하게 되었군요. 지난가을부터는 요양을 다녀온 것이 전부였는데 말입니다."

대진이 웃으며 대답했다.

"덕분에 집에서 점수를 많이 땄습니다. 그리고 이번 일은 더없이 중요한 일입니다. 그래서 제가 직접 다녀오지 않을 수가 없습니다."

"영국 신탁회사와의 협상 때문이라고 들었소이다."

"그렇습니다. 지난번에 보고 드린 영국 신탁회사의 관계자들이 홍콩에 와 있습니다. 그들과 협상하기 위해 해리 파크스 영국공사와 함께 다녀올 예정입니다."

"영국공사도 함께 간다고요?"

"예, 폐하! 이번 협상을 중개한 사람이 파크스 공사여서 그와 함께 다녀올 예정입니다."

"거기서 모든 계약까지 하고 옵니까?"

"아닙니다. 홍콩에서는 투자에 따른 협상 조건만을 먼저 협의할 것입니다. 그리고 본계약은 그들이 날을 정해 본국을 방문할 것입니다."

"투자 금액이 많아서 그러는 거로군요."

"예, 그렇습니다."

황제도 이해했다.

"아무리 우리 제국에 대한 소문을 들었다곤 해도 직접 살펴보고 싶은 것이 인지상정이겠지요."

"그렇사옵니다."

"부디 좋은 결과가 있기를 바랍니다."

"최선을 다하겠사옵니다."

황제에게 하직 인사를 마친 대진은 홍콩에 주재할 영사와 함께 영국공사관을 방문했다. 그러고는 영국공사 해리 파크스와 동행해 기차를 타고 제물포로 넘어갔다.

제물포에는 외교관들을 수송할 특별선이 대기하고 있었다.

3,000톤급의 선박은 프랑스로부터 노획한 수송선 중 1척이었다. 본래는 여객선이었기에 외교관들을 모두 태우고도 충분히 객실이 남았다. 덕분에 대진과 일행은 편안하게 홍콩

으로 건너올 수 있었다.

여객선의 도착한 항구는 홍콩의 수도인 빅토리아시티(City of Victoria)의 빅토리아항이었다. 홍콩은 1843년 6월 26일 자로 영국 영토가 되었다.

그런 홍콩은 수도가 있는 홍콩 섬을 중심으로 발전하고 있었다. 그래서 빅토리아 항구 주변이 가장 번화해 관공서가 밀집해 있었다.

해리 파크스가 감탄했다.

"홍콩을 그동안 몇 번 왔는데, 올 때마다 풍경이 변하는 것 같습니다."

대진은 과거 홍콩에 와 본 적이 있었다.

당시는 눈길이 미치는 끝까지 수십 층의 마천루가 솟아 있었다. 그에 비하면 지금의 홍콩은 한적한 시골처럼 느껴졌다.

그러나 이 정도로 발전해 있는 항구도 동양에는 거의 없었다. 더구나 3~5층짜리 석조 건물이 즐비한 이국적인 모습도 보기 좋았다.

"홍콩이 빠르게 발전한다는 의미겠지요?"

"그렇습니다."

"공사님, 홍콩에 호텔이 있습니까?"

해리 파크스가 고개를 저었다.

"아쉽게도 홍콩에는 한양의 대한호텔처럼 제대로 된 숙소가 아직은 없습니다. 그 대신 총독부에 영빈관이 있으니 거기에서 머무르면 됩니다."

대진이 난감해했다.

"총독부의 영빈관에 머물러야 한다고요? 그러면 미리 총독의 승인을 받아야겠군요."

해리 파크스가 웃으며 설명했다.

"하하하! 걱정 마십시오. 내가 사전에 승인을 받아 놓았기 때문에 바로 입주하면 됩니다."

대진이 바로 감사 인사를 했다.

"신경을 써 주셔서 감사합니다."

"아닙니다. 동양 국가로 홍콩에 영사관을 개설하는 것은 이번이 처음입니다. 그래서 홍콩 총독께서도 흔쾌히 영빈관을 내주신 것이지요."

"그렇군요. 홍콩총독은 어떤 분입니까?"

"지금은 홍콩총독은 제8대로 존 포프 헤네시 경(Sir John Pope Hennessy)인데, 이임을 앞두고 있는 상황입니다."

"총독의 임기가 얼마입니까?"

"홍콩총독의 임기는 5년인데 이번 4월 말에 종료되지요."

"그렇군요."

"헤네시 총독은 홍콩 경영에 아주 큰 족적을 남긴 인물이지요. 지금까지 홍콩에서는 중국인의 토지 매입을 금지해 왔지요. 그러던 것을 총독이 부임하면서 금지 조항을 없앴는데, 그 조치가 홍콩 발전을 촉발시켰답니다. 각급 공립학교에 영어교육을 공식화하기도 했고요."

"이전에는 영어를 가르치지 않았나 봅니다."

"예, 우리 영국인들이 다니는 학교에서만 영어교육을 실시했지요."

"헤네시 총독께서는 동양에 대한 인식이 상당히 좋은 가 봅니다."

"홍콩총독은 하원 의원 출신으로 오랫동안 각지의 총독을 역임하고 있지요. 아마도 이번에도 홍콩총독에서 퇴임하면 다른 지역의 총독을 맡게 될 것입니다. 그렇게 경험이 많아서인지 현지 주민에 대한 이해도가 남다른 분이지요."

"다행입니다."

그사이 여객선이 무사히 접안했다.

사다리가 내려지자 대기하고 있던 세관원이 갑판으로 올라왔다. 여객선 선장과 직원들이 입항에 필요한 서류와 여권을 제출했다.

서류를 확인한 세관원이 질문했다.

"이 명단에 포함되지 않은 사람은 하선하지 않습니까?"

선장이 설명했다.

"우리나라 주재 영국공사인 해리 파크스 경께서 함께 내릴 것입니다."

그 말에 세관원의 태도가 달라졌다.

"그분은 어디에 계시지요?"

선장이 해리 파크스를 가리켰다.

"저기 저분이 파크스 공사입니다."

세관원은 해리 파크스 공사에게 다가갔다.

"어서 오십시오, 공사님."

"수고가 많네."

세관원이 정중히 요구했다.

"죄송하지만 신분증을 확인해야겠습니다."

해리 파크스가 선선히 신분증을 내주었다. 그것을 확인한 세관원이 거수경례를 했다.

"불편하게 해서 죄송합니다. 규정 때문에 어쩔 수 없이 신분증을 확인했습니다."

"아닐세. 규정과 원칙은 지키라고 있는 것이니 개의치 말게."

그렇게 말한 해리 파크스는 대진을 소개했다.

"여기 이분은 한국의 백작이시니 잘 모시도록 하게."

세관원이 대진에게도 거수경례했다.

"홍콩에 오신 것을 환영합니다."

"고맙소. 그런데 부탁이 하나 있소이다."

"말씀하십시오."

"앞으로 홍콩에 주재할 영사와 외교관의 짐이 많소이다. 그러니 이런 짐과 사람들을 태울 수 있는 마차를 불러 주었으면 좋겠소."

세관원이 고개를 저었다.

"우리 홍콩에는 사람이 탈 수 있는 마차가 없습니다. 그 대신 가마가 있는데, 그것을 불러 드리면 되겠습니까?"

대진이 당황했다.

"그러면 나도 가마를 타야 한다는 말이오?"

세관원이 어깨를 으쓱했다.

"그렇습니다. 걷지 않으려면 어쩔 수 없이 가마를 타야 합니다."

"그러면 짐은 어떻게 하지요?"

"짐은 인부들을 부르면 알아서 옮겨 줄 겁니다."

대진은 바로 답을 못 했다.

마군이 조선에 와서 가장 먼저 없앤 풍습이 가마였다. 그런데 그런 가마를 다시 타야 한다는 말에 쉽게 결정을 못 한 것이다.

그걸 눈치챈 해리 파크스가 나섰다.

"로마에 가면 로마법을 따르라는 서양 격언이 있습니다. 이곳 홍콩은 상해처럼 말보다 사람이 더 흔합니다. 더구나 땅이 좁아서인지 마차보다는 가마가 이동수단으로 활용되고 있지요."

대진이 고개를 저었다.

"무조건 가마를 타야 한다는 말씀이군요."

"그렇습니다."

"어쩔 수 없지. 알겠습니다. 그렇게 하지요."

옆에서 대화를 듣던 세관원이 중국인 하인에게 지시했다. 그 하인은 바로 내려가서는 가마와 인부를 데리고 왔다.

가마는 두 사람이 들고 한 사람씩 탑승하도록 되어 있었다.

다른 사람은 능숙하게 가마에 올랐지만 대진은 가마가 처음이었다. 더구나 대나무로 만든 가마여서 타는 것조차 걱정이 되었다.

그래서 쭈뼛거리면서 가마를 탔는데 가마꾼들은 너무도 능숙하게 대진을 들었다. 그런데 의외로 편했다.

옆에서 가마를 타고 가던 해리 파크스가 소감을 물었다.

"타는 데 불편하지는 않지요?"

"예, 생각보다 편하네요."

"나도 처음에는 많이 당황했지요. 그런데 막상 타 보니 가마가 의외로 편하더군요. 그래서 물어보니 가마꾼들이 보조를 잘 맞추면 지금처럼 편하다고 합니다."

"그래선지 마음은 불편하지만 몸은 편하네요."

해리 파크스가 크게 웃었다.

"하하하! 홍콩에 계시려면 이 또한 익숙해져야 합니다."

잠시 후.

가마가 영빈관에 도착했다.

홍콩총독부영빈관은 총독 관저 바로 옆의 2층 건물이었다. 파크스 공사가 미리 연락해 둔 덕분에 영빈관 직원들은 능숙하게 대진 일행을 맞았다.

이날 오후.

대진이 영사와 함께 총독을 예방했다. 그 자리에는 해리 파크스 공사가 미리 와 있었다.

"어서 오십시오. 홍콩의 총독을 맡고 있는 존 포프 헤네시라고 합니다."

"처음 뵙겠습니다. 대한제국의 백작이며 황실의 특별보좌관을 맡고 있는 이대진이라고 합니다."

총독이 눈을 크게 떴다.

"오! 영어에 아주 능통하시군요."

"과찬이십니다."

홍콩총독은 앞으로 홍콩에 주재하게 될 영사와도 반갑게 인사를 나눴다. 그런 총독은 백작인 대진을 예우해 원탁으로 안내했다.

홍콩총독이 먼저 입을 열었다.

"해리 파크스 공사로부터 백작님에 대한 말씀을 많이 들었습니다. 한일전쟁과 한청전쟁의 종전 협상에 결정적 공훈을 세우셨다고요. 그뿐만이 아니라 각국과의 수교도 주도하셨고요."

대진은 부인하지 않았다.

"나라를 위하는 일이었습니다. 나름대로 최선을 다했는데, 그게 결과가 좋았습니다."

해네시 총독이 웃었다.

"하하하! 우리 같은 외교관이야 어디서 누구를 만나더라도 나라를 위한다는 각오를 가지고 있어야지요."

"맞는 말씀입니다."

이윽고 홍차가 나왔다.

"드시지요."

대진이 능숙하게 각설탕을 넣고서 잘 저었다. 동행한 영사도 미리 교육받은 덕분에 능숙하게 각설탕을 넣고 홍차를 저어서 마셨다.

홍차를 한 모금 마신 대진이 감탄했다.

"오! 홍차의 맛이 특별하군요."

"우리 왕실에 진상되는 특상품 홍차이지요."

"역시, 그래서인지 향이 뛰어나군요."

대진과 총독은 한동안 차담을 나눴다. 그러던 말미에 헤네시 총독이 본론으로 들어갔다.

"동인도회사의 후신으로 설립된 신탁회사의 자금을 유치하고 싶다고요?"

"그렇습니다."

헤네시 총독이 해리 파크스를 바라봤다.

"그렇지 않아도 해리 파크스 공사께서 몇 년 전부터 귀국에 대한 투자 이점을 꾸준히 설파해 오셨지요. 그래서 나도 미리 알고 있었던 거고요."

대진이 감사를 표시했다.

"고마운 말씀이지요. 해리 파크스 공사께서는 처음부터 우리나라에 대한 관심을 많이 갖고 계셨습니다. 그런 관심 덕분에 본국은 음으로 양으로 도움을 받고 있고요."

해리 파크스 공사가 손을 저었다.

"별말씀을 다 하십니다. 나는 있는 그대로를 본국에 보고했습니다. 그런 보고를 신탁회사에서 좋게 평가해 준 것이고요."

"어쨌든 공사님의 도움 덕분에 이 자리가 마련된 거 아니겠습니까?"

총독이 인정했다.

"맞는 말입니다. 파크스 공사가 귀국에 대해 적극적인 호감을 표시한 것이 주효했습니다. 그러지 않았다면 아마도 일본을 선택했을 수도 있습니다. 아! 물론 귀국이 청국과 프랑스와의 전쟁에서 연승하면서 스스로의 입지를 다진 것이 결정적이기는 했습니다."

해리 파크스도 동조했다.

"총독 각하의 지적이 정확합니다. 처음에는 일본이 투자 대상의 적지라는 여론이 우세했습니다. 나도 그렇게 생각을 했고요. 그러다 백작을 만나면서 생각이 달라졌지요. 그리고 귀국이 일본과의 전쟁에서 완벽한 승리를 거두면서 스스로의 위상을 입증하기 시작했지요. 이어서 청국, 프랑스와의 전쟁에서도 압승했고요."

헤네시 총독이 확인했다.

"투자 금액이 상당하다는 것은 알고 있지요?"

"물론입니다."

"그 많은 금액을 투자하는 입장에서는 무엇을 보겠습니까? 당연히 해당 국가의 국력과 상환능력을 보지 않겠습니까?"

대진이 자신 있게 대답했다.

"본국은 투자 금액의 상환을 충분히 해결할 능력이 됩니다."

해리 파크스가 적극 동조했다.

"물론이지요. 일본과 청국으로부터 매년 받는 배상 금액이 얼마인데 당연히 충분하지요."

총독의 목소리가 은근해졌다.

"이번에 투자 신청을 하는 데 있어서 혹여 다른 의도가 있는 것은 아닙니까?"

대진은 딱 잡아뗐다.

"다른 의도는 없습니다."

"청국과 일본에서 받는 배상금이 엄청난 것으로 압니다. 그 금액만으로도 귀국의 경제 발전의 견인차가 될 것 같은데요."

대진이 설명했다.

"꼭 그렇지는 않습니다. 배상금은 짧게는 10년에서 길게는 20년 동안 나눠 받게끔 되어 있습니다. 그런 배상금은 우리가 추진하려는 경제 발전에 큰 도움이 되지가 않습니다."

해리 파크스가 바로 알아들었다.

"선택과 집중을 하고 싶다는 말이군요."

"그렇습니다. 우리는 지금부터 10년간을 아주 중요한 시기로 보고 있습니다. 그 기간 동안 전력을 다해 경제를 발전시키려고 합니다. 그래야만 유럽 제국들을 어느 정도 따라잡을 수 있다는 판단 때문이지요."

총독이 적극 동조했다.

"좋은 생각입니다. 내가 알기로 귀국은 신기술을 속속 개발하는 것으로 알고 있습니다. 그런 귀국의 기술력을 꽃피우기 위해서는 대대적인 투자가 중요하지요."

대진이 은근히 부탁했다.

"그래서 총독님의 도움이 많이 필요합니다."

"하하하! 제가 도울 일이 무에 있겠습니까? 판단과 결정은 전적으로 투자회사 임직원들이 하는 것을요."

"그래도 조언 한마디가 마음을 바꾸는 경우도 있지 않습니까?"

헤네시 총독이 고개를 끄덕였다.

"알겠습니다. 그들이 귀국에 대해 나의 의견을 물어 오면 부정적인 말은 일체 하지 않겠습니다."

대진이 고개를 숙였다.

"감사합니다. 그 정도면 해 주셔도 천군만마입니다."

"그런데, 귀국에서 우리 홍콩에 대해 적극적인 투자를 하겠다고요?"

대진이 정정했다.

"본국에서 하는 것은 아닙니다. 우리나라에는 대한무역이라는 회사가 있는데, 혹시 총독께서는 들어 보셨습니까?"

"물론이지요. 귀국의 무역을 거의 독점하면서 엄청난 양의 교역을 한다는 말을 들었습니다."

"그렇습니다. 대한무역은 본국 정부와 별개로 많은 자본을 보유하고 있지요. 그 대한무역에서 홍콩에 대대적인 투자를 하려고 계획하고 있습니다."

헤네시 총독이 크게 반겼다.

"잘 생각하셨습니다. 우리 홍콩은 몇 년 전까지만 해도 중국인의 토지 매입을 금지했었지요. 그런 제약을 내가 오면서 완전히 풀어 버렸습니다. 덕분에 빅토리아 일대가 크게 발전했지요."

"그렇지 않아도 파크스 공사님으로부터 그런 말을 들었습니다. 그래서 드리는 말씀인데, 대한무역의 투자에 대해 홍콩총독부의 적극적인 지원을 부탁드리고자 합니다."

"투자는 어느 지역으로 하실 겁니까?"

"빅토리아 시티 일대에는 상업 시설을, 이번에 새로 홍콩에 편입된 신계 지역에는 대규모 공단을 설립하려고 합니다."

총독이 적극적으로 나왔다.

"대한무역이 그렇게만 해 준다면 당연히 지원해 주어야지요. 아! 그러지 말고 아예 우리 총독부와 대한무역 간의 투자각서(覺書)를 조인하면 되겠군요. 어떻게 생각하십니까?"

홍콩총독이 직접 날인한 각서라면 조약 체결과 같은 효력을 지닌다. 그렇기에 대진은 두말하지 않고 승낙했다.

"저는 좋습니다."

"그러면 대한무역의 대표가 오도록 조치를 하시지요."

대진이 고개를 저었다.

"그렇게 하지 않아도 됩니다. 이번에 제가 백작에 봉작되면서 전역을 했습니다. 그러면서 대한무역의 대표가 되었기 때문에 조약의 조인에는 전혀 문제가 되지 않습니다."

총독이 반색했다.

"오! 그거 아주 잘되었군요."

헤네시 총독은 그 자리에서 바로 비서를 불렀다. 그러고는 대진과 토지 매입과 개발에 따른 세제 혜택을 조율했다.

그렇게 의견 조율을 마친 두 사람은 총독의 비서가 정리한 서류에 각각 날인했다. 홍콩총독이 이렇게 적극적으로 나온 까닭은 해리 파크스가 얻은 신계 지역의 개발 때문이다.

1843년 영국이 처음 얻은 면적은 홍콩 섬이었다. 그러다 1860년 건너편 반도의 극히 일부를 다시 얻었다.

이런 홍콩 섬의 면적은 울릉도와 비슷했다.

그런데 홍콩 섬은 급경사가 많아 실제 사용할 수 있는 면적이 극히 제한되어 있었다. 그 바람에 홍콩을 본격적으로 개발하는 데 상당한 제약이 따랐다.

그러다 해리 파크스의 노력으로 20여 배에 가까운 면적을 얻게 되었고, 나아가 대한무역이 개발 투자를 하겠다고 나선 것이다.

홍콩을 발전시켜야 하는 총독으로서는 대진의 투자 제안을 환영하지 않을 수 없었다.

물론 대진은 홍콩의 미래가 어떤지 너무도 잘 알고 있었다. 그래서 해리 파크스에게 일부러 중재를 부탁해 신계 지역의 영구 할양을 받아 내게 한 것이었다.

그러한 노력이 이번에 결실을 얻으면서 홍콩에서의 이권을 상당히 얻어 낼 수 있었다. 대진과 대한무역에는 더없이 최상의 결과라 할 수 있었다.

다음 날.
대진은 홍콩 지도를 한 부 얻었다.
그러고는 홍콩영사와 함께 홍콩 섬을 둘러보며 투자 지역의 상황을 살폈다. 이어서 바다건너 구룡과 신계의 일부를 둘러보느라 이틀을 너무도 값지게 보냈다.

그리고 사흘 후.
영국에서 '외국 및 식민지신탁회사' 대표들이 홍콩에 도착했다. 도착 당일 이들은 곧바로 대진과 만남을 가졌는데, 그 자리에는 홍콩총독과 해리 파크스 공사가 동석했다.
대진이 먼저 인사를 했다.

"이렇게 먼 길을 찾아와 주셔서 감사합니다."

신탁회사 대표가 답례했다.

"당연히 와야지요. 우리 회사 자본의 상당 부분이 투자되는 협상입니다. 더구나 해리 파크스 공사께서 적극 추천한 일이기도 해서 이렇게 여러 사람이 온 것입니다."

다른 임원이 부언했다.

"솔직히 우리는 동양에서 개혁 개방이 가장 잘된 나라가 일본인 줄 알았습니다. 그런데 당시 일본공사였던 해리 파크스 공사가 귀국을 적극 추천하면서 투자를 보류했지요. 그러면서 귀국에 대한 조사를 철저하게 시작했고요. 그러다 우리는 놀라운 점을 알게 되었습니다."

또 다른 임원이 말을 이었다.

"귀국은 10여 년 전부터 급격한 발전을 해 왔더군요. 놀랍게도 유럽에도 없는 각종 신제품을 쏟아 내고 있었고요. 그래서 관심을 집중해서 살피고 있었는데, 청국에 이어 프랑스까지도 연패를 시켰더군요. 그 두 번의 전쟁을 보면서 우리는 아주 많이 놀랐습니다."

신탁회사 대표가 정리했다.

"영국의 동인도회사는 170년이 넘는 역사를 자랑하고 있었습니다. 그래서 우리들도 몇 대를 이어 회사 임원을 맡아 왔지요. 이번 투자는 그런 동인도회사의 일부 자금이 투입되는 사업입니다."

대진도 알고 있는 일이었다. 그러나 구태여 그걸 내세울 필요가 없었기에 적당히 말을 받아 주었다.

"여러분이 우리 대한을 선택하시면 그 선택이 최선이라는 사실을 바로 아시게 될 것입니다. 방금 말씀하셨다시피 대한 제국은 우리 스스로 엄청난 기술 진보를 이룩하고 있습니다. 그런 기술 발전은 곧 신제품이 되어 시장을 석권하고 있고요. 이런 신제품을 더 많이 생산하고 새로운 기술을 개발하는 데 막대한 자금이 필요합니다. 그래서 귀사에 투자를 요청드렸던 것입니다."

신탁회사 대표가 질문했다.

"우리 회사 자금을 국가 발전에 투입하는 것이 아닙니까?"

대진이 설명했다.

"우리는 청국과 일본에게서 막대한 전쟁배상금을 받고 있습니다. 그 자금은 전부 국가의 기반 시설 건설에 투입하고 있고요. 그래서 귀사의 자금은 일부만 국가기반 시설에 투입하고 남은 자금은 전부 기술 개발과 신제품 양산을 위한 공장 신설과 증설과 같은 실질적인 투자에 쓸 것입니다."

신탁회사 임원이 큰 관심을 보였다.

"그래요? 그렇다면 투자금의 회수를 의외로 빨리 할 수도 있겠습니다."

대진이 고개를 저었다.

3장

　대진은 분명히 밝혔다.

　"당분간은 어렵습니다. 우리나라는 향후 10년 동안 모든 국가 역량을 총동원해 공업과 경제 발전에 투자하려고 합니다. 그러기 때문에 투자금을 회수하는 시기는 그 이후로 잡아 주셨으면 합니다."

　신탁회사 사장이 질문했다.

　"10년 거치 상환 조건이 되겠군요."

　"그게 저희에게는 가장 좋습니다. 그러나 투자회사가 더 빠른 회수를 바라신다면 5년 거치도 무방합니다."

　"회수 기간은 얼마로 잡고 있습니까?"

　"그것도 귀사에서 결정해 주십시오. 우리는 10년 균등 상환도 좋고 20년도 좋습니다."

대진의 대답에는 조금의 주저함도 없었다. 그런 당당함에 신탁회사 임직원들이 고개를 끄덕였다.

신탁회사 대표가 속내를 밝혔다.

"솔직히 놀랍습니다. 저도 그렇지만 우리 임원들은 여기에 올 때까지만 해도 확신을 갖지 못했습니다. 그런데 백작님의 당당함을 보내 절로 믿음이 가는군요."

대진이 묵례를 했다.

"좋게 봐주셔서 감사합니다. 저는 있는 그대로를 말씀드리는 것입니다. 그리고 책임지지 못할 말은 처음부터 하지 않았음을 맹세합니다."

이 말에 모두가 고개를 끄덕였다.

대화를 듣고 있던 총독이 나섰다.

"한국의 대한무역이 이번에 홍콩에 대대적인 투자를 하게 되었습니다."

홍콩총독이 대진과 체결한 각서에 대해 설명했다. 그의 말이 끝나자마자 대진이 부언했다.

"홍콩에 대한 투자는 대한무역이 전부 감당할 것입니다. 그러니 여러분께서는 본국에 투자한 금액이 홍콩으로 유입될 것을 우려하지 않아도 됩니다."

대진은 대한무역의 교역 상황을 설명했다. 설명을 들은 신탁회사 대표의 눈이 커졌다.

"그 정도로 많은 매출과 수익을 올리고 있을 줄 몰랐습니다."

"대한무역이 판매하는 상품의 대부분은 독점 품목입니다. 그래서 매출도 많고 수익도 높을 수밖에 없습니다."

"하긴, 우리 영국에도 귀국이 생산한 각종 약품과 플라스틱 제품이 쏟아져 들어오기는 하죠."

다른 임원이 동조했다.

"그렇습니다. 다른 물건도 좋지만 플라스틱 제품은 가히 혁명이라고 할 정도로 대단하더군요. 그런데 다른 화학제품도 생산할 계획을 갖고 있습니까?"

"물론입니다. 화학제품은 무궁무진합니다. 지금은 플라스틱을 비롯해 몇 가지 없습니다. 그러나 귀사가 투자를 해 준다면 우선적으로 화학공장을 대폭 증설해 다양한 제품을 생산하게 될 것입니다."

대진은 화학공업에 대해 한동안 설명했다. 사람들은 대진의 설명을 넋을 놓고 들었다.

홍콩총독이 한숨을 내쉬었다.

"후! 말을 들으니 앞으로는 화학제품이 세상을 만들어 간다고 해도 과언이 아니군요."

대진이 확언했다.

"분명 그렇게 되는 세상이 올 것입니다."

모두가 심각한 표정으로 고개를 끄덕였다. 그렇게 각자의 생각에 빠져 있을 때 투자회사 대표가 정리했다.

"좋습니다. 그런데 귀국이 아무리 계획대로 일을 추진한다고 해도 상환 약속을 지키지 못하는 경우도 있지 않겠습니까?"

대진이 고개를 저었다.

"그럴 가능성은 없다고 보시면 됩니다."

"아닙니다. 만일이라는 상황을 전혀 배제할 수는 없는 일이지요."

예상치 못한 대표의 반응에 대진은 곤혹스러워졌다.

자신의 설명은 나름대로 완벽했으며 상대도 충분히 이해한 듯 보였다. 그런데 마지막에서 의외의 발언을 하며 발목을 잡았다. 그러나 한편으로는 이해가 되었다.

'그래, 이들에게 우리는 아직 생소한 나라가 맞을 거야. 우리가 아무리 막강한 군사력과 새로운 기술력을 보유하고 있다고 해도 첫 거래잖아. 그러니 불안한 것은 어쩔 수 없을 거야.'

"좋습니다. 우리가 무엇을 해야 합니까?"

"우리는 원활한 투자 금액의 회수에 대한 담보를 확실하게 챙겨 주었으면 합니다."

대진은 침음했다.

"으음! 무슨 담보를 챙겨 달라는 말씀입니까?"

"귀국이 청국과 일본에서 배상금을 받는 것으로 알고 있습니다. 그것도 10년에서 20년 동안을요. 우리 신탁회사는 그 배상금의 대환을 담보로 제공해 줄 것을 요구합니다."

대진은 난감했다.

겨우 두 나라를 압도하며 극동의 최강국이 되었다. 그런 상황에서 배상금을 담보로 제공하게 되면 양국이 대한의 국력을 오판할 우려가 있었다.

그런 난감함을 투자회사 대표가 정확히 짚었다.

"담보를 제공한다고 해서 일본과 청국의 확인은 요구하지 않겠습니다. 그러니 귀국은 우리와의 협약에 맞게 투자 금액을 상환만 해 주시면 됩니다."

대진이 한 번 더 확인했다.

"양국의 확인은 받지 않아도 되는 것이지요?"

"물론입니다. 우리는 단지 불확실성을 확실하게 해 두고 싶을 뿐입니다. 그리고 이번 투자는 대외적으로 비밀도 지켜 드릴 수 있습니다."

이 점에 대진은 동의했다.

"귀사가 그 조건을 협약에 명시해 주십시오. 그러면 우리도 귀사가 원하는 담보를 제공해 드릴 용의가 있습니다."

"좋습니다. 그렇게 해 드리겠습니다. 이런 약속은 구두가 아닌 정식 서류가 더 확실하지요."

서로 간의 가장 난해했던 문제가 풀렸다. 그러다 보니 나머지 사항은 별다른 문제 없이 합의점에 도달할 수가 있었다.

대진이 마지막에 조건을 달았다.

"대금을 은화가 아닌 금으로 지급해 주실 수 있겠습니까?"

"물론입니다. 그 정도는 당연히 들어드려야지요."

"그렇게 해 주시면 더 큰 문제는 없습니다."

해리 파크스가 웃으며 나섰다.

"하하하! 이제 모든 문제가 해결된 것입니까?"

신탁회사 대표가 흡족해했다.

"덕분에 모든 사항을 원만히 합의할 수 있었습니다."

"어떻게, 바로 조약문을 작성하는 겁니까?"

"오늘은 여기까지 하고 한 번 더 생각한 후 내일 마무리를 짓도록 하지요."

대진도 동의했다.

"그렇게 하시지요. 그리고 본국도 방문해 보시는 게 좋지 않겠습니까?"

"당연히 그렇게 해야지요."

"그러면 홍콩에서는 조약문의 내용만 협의하시지요. 그리고 나서 조약의 서명날인은 본국에 가서 하는 것으로 하시지요."

신탁회사 대표가 반색했다.

"오! 그렇게 해도 됩니까?"

"물론입니다. 우리 입장에서는 귀사가 우리나라의 발전상을 확인하는 것이 좋다고 생각합니다. 그래야 이자가 한 푼이라도 싸질 터이니 말입니다."

대진의 당당한 말에 모두들 파안대소했다. 그렇게 이날의 협상은 웃으면서 끝을 맺었다.

다음 날.

양측은 다시 만나 세부 사항을 조율해 나갔다. 그러던 중 대진은 장담대로 이자 부분은 본국에 가서 다시 조율하자고 제안했다. 이 제안은 바로 받아들여졌다.

며칠 후.

양측은 상해를 거쳐 천진으로 넘어가는 수송선을 탈 수가 있었다. 그 수송선을 탄 이들은 상해에서 대한무역 수송선을 타고 제물포로 넘어왔다.

영국 신탁회사 대표들은 제물포가 의외로 정비가 잘되었다는 사실에 놀랐다. 그리고 기차가 운행되고 한강을 가로지르는 거대한 철교에 크게 놀랐다.

그러나 놀라움은 여기서 그치지 않았다.

한양역 역사의 규모와 한양 도심의 깨끗하게 정비된 모습에도 놀랐다. 그리고 한양에 상당한 규모의 대한호텔이 있는 것을 보고 더 놀랐다.

신탁회사 대표가 감탄했다.

"대단합니다. 동양에 호텔이 있을 줄은 몰랐습니다. 더구나 이 대한호텔은 런던에 있는 더 랭햄 호텔(The Langham Hotel)과 비교해도 손색이 없습니다."

대진이 묵례했다.

"좋게 봐주셔서 감사합니다. 오늘은 여독도 있고 하니 하루 푹 쉬십시오. 그리고 내일 조찬을 함께하고 나서 황제 폐하를 알현하러 가겠습니다."

"알겠습니다."

다음 날.

대진은 호텔에서 신탁회사 대표들과 조찬을 함께했다. 그러고는 대기하고 있는 마차를 타고 경복궁을 들어갔다.

대진은 이들을 접견실로 안내했다. 대진과 신탁회사 대표가 도착하고 바로 황제가 들어왔다.

"황제 폐하 납시오."

모두가 모자를 벗고 고개를 숙였다. 황제가 접견실을 가로질러 용상에 앉으니 내관이 소리쳤다.

"평신!"

모두 몸을 세웠다. 대진이 한발 나섰다.

"폐하! 지난번에 말씀드린 영국의 신탁회사 대표들입니다."

황제가 고개를 끄덕였다.

"잘 오셨소."

신탁회사 대표들이 정중히 예를 표시했다. 황제는 그들의 인사를 받고서 안부를 물었다.

"먼 길을 오시느라 고생이 많았소이다. 영국에서 여기까지 엄청난 거리인데 모두들 무탈하시오?"

신탁회사 대표가 감사했다.

"폐하의 염려 덕분에 모두들 건강합니다."

"다행이오. 짐은 이 백작에게서 귀사와의 협상에 관한 보고를 받았소이다."

"그러셨습니까?"

"모처럼 오셨으니 잘 살펴보시고 좋은 결과를 얻었으면 좋겠소이다."

신탁회사 대표가 화답했다.

"홍콩에서 이미 대강의 합의는 봤습니다. 그래서 별문제가 없으면 잘 마무리가 될 것입니다."

"하하하! 그렇다면 다행이오. 이번에 추진하는 귀사와의 투자자금 협상은 우리 대한제국의 경제 발전에 토대를 얻기 위함이오. 그래서 짐도 아주 관심이 많소이다."

황제가 대진에게 당부했다.

"기왕에 추진하는 일이니만큼 유종의 미를 거둬 주시기 바랍니다."

"최선을 다하겠습니다."

황제와 신탁회사 대표들은 한동안 화기애애한 대화를 주고받았다. 그리고 알현을 마친 신탁회사 대표들은 이틀 동안 한양과 주변을 둘러봤다.

한양 주변은 온통 개발 현장이었다.

한쪽에는 이런저런 공장들이 무수히 들어서고 있었다. 그리고 다른 한쪽에는 새로운 주택과 상가를 짓느라 정신들이 없었다.

모든 현장마다 열정과 희망이 넘쳐흘렀다. 신탁회사 대표들은 이렇듯 역동적인 모습을 보고는 크게 만족했다.

사흘째 되는 날.

대한호텔 연회장에서 대한제국 정부와 신탁회사와의 투자 협약이 체결되었다.

영국 신탁회사 대표와 대한제국의 재무대신이 투자 협정의 당사자가 되어 협약을 체결했다. 대한에서는 대진이, 영국에서는 해리 파크스 공사가 참관인으로 각각 날인했다.

펑! 펑!

조약이 끝나고 사진 촬영이 있었다.

대진은 그동안 여러 협상을 직접 주도했다. 그러다 보니 어느덧 기념사진 촬영에도 이력이 붙었다.

이날 저녁.

호텔에서 축하 연회가 열렸다.

영국 신탁회사의 투자 유치를 대대적으로 선전할 필요가 있었다. 동양 국가에서 유럽 회사의 투자 유치는 이번이 처음이었다.

그것도 동인도회사의 후신인 신탁회사의 자금을 유치했다. 이는 대한제국이 동양에서 발전 가능성이 가장 높다는 사실을 의미한다.

물론 배상금을 담보했다는 사실은 철저하게 비밀에 부쳐졌다. 그 일이 알려지면 투자 유치에 대한 가치가 그만큼 훼손될 우려가 있기 때문이다.

연회에는 한양에 주재하는 모든 외교관들이 참석했다.

서양 외교관들은 대한제국이 영국 신탁회사의 막대한 자금을 유치한 사실에 놀랐다. 그러면서 대한제국의 경제 발전에 대해 한 번 더 생각하는 계기가 되었다.

일본과 청국 외교관들은 놀랐다.

특히 일본 외교관들의 놀라움이 컸다. 이들은 유신개혁을 추진하다가 대한제국에 덜미가 잡힌 자국의 현실을 너무도 아쉬워했다.

그러나 청국은 조금 달랐다.

청국도 대한제국이 막대한 투자를 유치한 사실에 놀라기는 했다. 그러나 청국은 근본적으로 자국중심주의 색채가 강해서 그러려니 했다.

이들의 자신감은 대한제국에 박살 났음에도 없어지지 않았다. 오히려 시간만 지나면 대한제국을 앞설 수 있다는 터무니없는 과욕에 사로잡혀 있었다.

이렇듯 영국 신탁회사의 투자 유치는 대한제국의 외교에 큰 반향을 불러왔다. 그러면서 대한제국은 또 하나의 발전 전기를 마련할 수 있었다.

영국 신탁회사는 발 빠르게 움직였다.

이들은 홍콩과 한양에 올 때부터 투자자금을 미리 준비해 두고 있었다. 그만큼 대한제국의 투자에 대해 긍정적인 생각을 갖고 있었다.

이렇게 된 데에는 해리 파크스의 적극적인 추천도 크게 한 몫을 했다. 그리고 연이은 전쟁 승리와 각종 신제품 등으로 대한제국의 역량을 충분히 입증되어 있었기 때문이다.

물론 자금 전부를 금으로 바꾸는 데 약간의 시간이 필요하기는 했다. 그러나 이 정도의 불편함은 일 처리의 흐름에 전혀 문제가 되지 않았다.

투자 협정이 체결되고 두 달 만에 투자 금액이 제물포에 도착했다. 신탁회사 대표들은 이때까지 한양에 머물러 있다가 자금을 인계하고 돌아갔다.

대진은 오래전부터 신탁회사의 투자 유치에 공을 들여왔다. 그래서 성공했을 때를 가정해 수많은 경우의수를 만들어 놓고 있었다.

투자자금이 입고된 다음 날.

대진이 운현궁을 찾아 대원왕을 알현했다. 대원왕은 2층으로 지어진 양관을 집무실로 사용하고 있었다.

"어서 오시게. 영국 신탁회사 사람들은 잘 돌아갔는가?"

"그렇습니다, 전하. 투자자금을 신고 온 배로 귀환했습니다."

"그동안 수고가 많았네."

"아닙니다. 당연히 할 도리를 했을 뿐입니다."

"투자받은 금은 대한은행에 입고했겠지?"

"그렇습니다. 금은 장차 발행될 지폐의 태환을 준비하기 위한 자금으로 사용될 것입니다."

대원왕도 이제는 화폐유통에 대해 나름대로의 지식을 축적하고 있었다. 그래서 대진의 설명을 어렵지 않게 알아들을 수 있었다.

"잘되었어. 발권은행의 자본금이 많으면 많을수록 좋은 일이지."

"그렇사옵니다. 지난 몇 년 동안 대한무역의 교역으로 거둬들인 금의 양도 상당합니다. 그리고 이제는 화폐도 완전히 자리를 잡고 있어서 지폐 발행에도 큰 문제는 없을 것입니다."

대원왕도 잘 아는 사실이었다.

그런데 대원왕은 저화(楮貨)에 대한 문제점을 너무도 잘 알고 있었다. 그래서 지폐 발행에 대해 선뜻 결정을 내리지 못하고 있었다.

"겨우 화폐 발행에 대한 신뢰도를 쌓았는데 문제가 되지 않을까?"

대진이 자신했다.

"태환(兌換)이 가능한 지폐입니다. 누구든 언제라도 지폐를 가져가면 그만큼의 금이나 은을 교환받을 수 있습니다. 처음에는 저화에 대한 선입견 때문에 약간의 우려가 없지는 않을 것입니다. 그러나 그러한 우려보다는 지폐의 효용성이 더 빨리 부각되면서 안정될 것입니다."

"으음! 그래도 몇 달 더 고심을 해 보세."

"대한은행에서도 내년에 지폐 발행을 준비하고 있는 것으로 압니다. 그러니 검토할 시간은 충분합니다. 그리고 금은화가 함께 유통되고 있어서 혼란은 별로 없을 것입니다."

대진의 설명을 들은 대원왕은 결국 동의했다.

"그래, 충분히 검토한 뒤에 시행한다면 무엇이 문제이겠어. 그런데 오늘은 무슨 일로 과인을 찾아온 것인가?"

"이번에 유치한 투자자금은 그 규모가 상당합니다. 그리고 공업과 경제 발전을 위해 유치하게 되었고요. 그런데 내각은 아직 이 정도의 대규모 자금을 일시적으로 집행할 여력이 부족합니다. 그리고 정실이 개입될 우려도 있습니다."

대원왕도 동조했다.

"맞는 말이다. 예로부터 호조돈은 무조건 받고 봐야 한다는 말이 있었다. 그만큼 나랏돈을 허술히 생각하는 경향이 많았지."

"그렇습니다. 이번에 유치한 자금은 거치기간을 거쳐 원리금을 균등 상환해야 합니다. 더구나 상환기간을 어길 시에는 상당한 불이익이 따릅니다."

"그렇지 않아도 청국과 일본 배상금을 넘겨주어야 한다는 조항을 보고받았다."

대진이 강조했다.

"예, 맞습니다. 그런 일이 발생한다면 국가의 위신에 큰 흠결이 생깁니다. 그래서 보다 철저하게 자금 집행의 사전관리와 사후관리를 해야 합니다. 이런 연유로 저는 이를 관리하기 위한 별도의 기구를 설립했으면 좋겠습니다."

대원왕이 바로 알아들었다.

"한시적으로 도감(都監)을 설치하자는 말이구나."

"명칭은 무엇이 되어도 좋습니다. 그 대신 공공성이 담보되어야 하며 철저하게 외풍에 시달리지 않는 장치가 필요합니다."

대원왕이 고개를 끄덕였다.

"이 백작이 여기 와서 이런 말을 하는 것을 보니 과인이 전담해 달라는 말이구나."

대진이 몸을 숙였다.

"그렇사옵니다. 전하께서는 나라를 위해 아드님과 사위도 내치셨습니다. 그런 전하께서 관장하신다면 누가 감히 삿된 생각을 품겠습니까?"

그 말에 대원왕은 두말하지 않았다.

"알겠다. 나라를 위하는 일인데 과인이 무엇인들 못하겠느냐. 더구나 국정을 내각에 위임해 준 덕분에 요즘 한가했는데 잘되었구나. 과인이 철저하게 관리해서 조금의 누수도 생기지 않도록 하마."

"감읍합니다. 하지만 투자는 대대적으로 하셔야 합니다.

그래야 투자자금이 달리는 말에 채찍질이 될 수 있습니다."

대원왕이 크게 고개를 끄덕였다.

"무슨 말인지 알겠다. 공정하고 불편부당하게 하면서도 대대적인 투자를 집행하마."

"감사합니다."

대원왕이 너털웃음을 터트렸다.

"허허허! 감사는 내가 해야지. 마군과 자네 덕분에 우리 황상이 천자가 되었어. 더불어 과인도 왕위에 올랐고 말이야. 오늘의 이런 영광을 얻게 해 준 이 백작의 부탁인데, 더구나 나라를 위하는 일이 아니더냐."

대원왕은 진심으로 기꺼워했다. 그런 대원왕을 바라보는 대진의 마음도 더없이 훈훈해졌다.

얼마 후.

투자진흥공사가 발족했다.

영국 신탁회사의 투자자금을 집행하고 관리하는 목적 때문이었다. 조직 구성을 위해 내각 곳곳에서 젊고 유능한 관리들이 발탁되었다.

대규모 예산집행 경험이 많은 마군 출신들도 다수가 선발되었다. 무엇보다 대원왕이 투자공사를 직접 관장하면서 더 많은 이목을 집중시켰다.

투자공사가 발족하고 얼마 지나지 않아 모집공고가 나갔

다. 공고는 몇 년 전부터 발행을 시작한 신문과 관보를 통해 대대적으로 발표되었다.

공고는 폭발적인 관심을 끌었다.

개혁이 시작되고 이제 10여 년이 흘렀다. 그동안 마군은 다양한 방법으로 보유한 지식을 상단과 민간에게 전수해 왔다.

더불어 공장과 기업 설립도 음으로 양으로 지원해 왔다.

그런 노력이 쌓이면서 이즈음의 대한제국은 사업을 시작하려는 사람들로 넘쳐 났다.

그러나 금융 체계가 완전하지 않아 투자자금을 유치하기가 쉽지 않았다. 그 바람에 신규 사업자들은 자금 유치로 늘 골머리를 앓아 왔다.

그런 와중에 희소식이 터진 것이다.

모집공고는 이런 문제점을 단번에 해소할 방안이었다. 투자진흥공사에서는 전국 주요 도시를 돌아가면서 투자 설명회를 열었다.

엄청난 사람들이 몰려들었다.

몰려온 사람들은 하나라도 정보를 더 얻으려고 눈에 불을 켰다. 투자 설명회에서는 어떤 방식으로 서류를 접수해야 하는지와 사업의 전개 방향에 대해 상세히 설명해 주었다.

이어서 신청서 접수가 시작되었다.

어마어마한 신청서가 접수되었다.

신청서와 함께 제출된 사업제안서도 산더미같이 쌓였다.

투자진흥공사 직원들은 제출된 사업제안서를 하나도 소홀히 하지 않았다.

직원들은 열정적으로 움직였다.

사업제안서에 문제가 있는 제출자는 별도로 불러들었다. 그리고 부족한 부분은 보충을, 과도한 부분은 정리하도록 지도해 주었다.

이런 노력이 결실을 거두면서 전국적으로 수많은 기업이 생겨났다. 봄에 비가 오고 난 후의 죽순처럼 전국 각지에서 새순들이 쏟아져 올라온 것이다.

덕분에 급속도로 사업이 진행되었다.

신설된 일부 기업에는 마군이 보유한 기술력이 이전되기도 했다. 기술력을 전수받은 기업은 당연히 폭발적으로 성장할 수 있었다.

투자진흥공사는 사후관리도 철저했다.

신생 기업의 출발이 좋다고 해서 끝도 좋은 것은 아니다. 사업이 제 궤도에 오르기 전까지는 여러 굴곡을 거쳐야 한다.

투자공사는 이런 신생 기업이 자리를 잡을 때까지 지속적으로 관리해 주었다. 덕분에 상당수의 신생 기업들이 자리를 잡아 나갈 수 있었다.

이렇게 2년여의 시간이 지났다.

대한제국은 이 2년의 기간을 그 어느 때보다 알차게 보냈다. 덕분에 공업은 급속도로 발전했으며 국가기간시설은 엄청난 속도로 확충되었다.

북방 지역도 엄청나게 변화했다.

청나라로부터 수복한 지역은 군정이 실시되고 있었다. 그런 지역에 지난 2년여 동안 100만이 넘는 인구가 이주했다.

이주한 주민들은 한족들이 버리고 간 주택에 입주했다. 덕분에 정착은 쉬웠으며 군정 정부의 지원으로 빠르게 자리를 잡아 나갔다.

가장 뚜렷한 발전은 철도 건설이었다.

청국은 관도 정비를 상당히 잘하고 있었다. 그래서 요동과 요서 지역은 청국이 만든 관도만 넓히고 포장만 해도 될 정도였다.

그러나 봉금령 지역은 아니었다.

청나라는 봉금령 지역을 일부러 개발하지 않았다. 그 대신 원주민인 만주족과 몽골족이 목축하도록 드넓은 지역을 초지로 만들어 놓았다.

그러나 만주 귀족들을 등에 업은 한족 다수가 유조변장을 넘어가 농사를 지었다. 그러나 근본적인 개발은 거의 전무한 상태였다.

대한제국은 이런 지역에 포로를 풀어 대대적으로 정비를 해 나갔다. 가장 먼저 도로를 개설하고 철도를 부설했다.

철도와 도로는 불과 3년도 안되어서 여러 노선이 완성되었다. 요동반도에서 만주를 관통하는 노선과 요서에서 심양까지의 철도노선이 건설되었다.

본토의 의주에서 요양까지의 노선도 완성했다. 이 노선은 천산산맥을 지나야 해서 터널을 뚫을 곳이 몇 군데 있었다.

더구나 압록강 철교도 놓아야 했다.

그래서 거리는 짧지만 공사 기간이 3년이나 걸렸다. 그리고 요양에서 적봉을 거쳐 내몽골로 넘어가는 노선은 부설 중에 있었다.

도로와 철도가 놓이면서 거점지역이 생겨났다. 군정 정부는 이런 지역마다 도시를 만들어 본토 주민을 이주시켰다.

12월 초.

황제 내외가 요양 순행에 나섰다.

황제가 처음으로 압록강을 넘게 된 것이다. 12월의 쌀쌀한 날씨임에도 황제는 천도할 요양을 먼저 둘러보고 싶어 했다.

배웅을 나간 대원왕이 걱정했다.

"날이 추운데 괜찮겠소?"

황제가 웃으며 대답했다.

"괜찮사옵니다. 그리고 요양으로 천도를 하게 되면 이 정도의 추위는 당연히 받아들여야 하지 않겠습니까?"

"허허! 그건 그렇지요."

대원왕이 황후를 바라봤다.

"황후께서는 특히나 몸조심하셔야 합니다. 자칫 고뿔이라도 걸리시면 큰일입니다."

황후가 고개를 숙였다.

"아버님께서 성려하는 일이 없도록 신경을 쓰겠사옵니다."

대원왕이 대진에게도 당부했다.

"잘 모시도록 하게."

"성심을 다하겠습니다."

황제가 인사했다.

"저희들은 그만 올라가 보겠습니다."

"그렇게 하세요."

황제 내외가 먼저 열차에 올랐다. 이어서 대진을 비롯한 궁 내무대신과 내관 등이 탑승했다.

황제가 탑승한 객차는 이번에 완성한 황실 전용 객차였다. 그런 객차는 외장은 물론 내장도 화려하기 그지없었다.

황제가 탄성을 터트렸다.

"오! 차 안을 집무실처럼 꾸며 놓았군요."

대진이 설명했다.

"황실 전용 객차는 모두 3량입니다. 1량은 폐하께서 보시는 대로 집무실과 폐하 내외분의 침소로 꾸며져 있습니다. 다른 1량은 식당이고 다른 1량은 호종하는 사람들의 침대칸으로 구성되어 있습니다."

"여행하는 데 불편하지는 않겠네요?"

"그렇사옵니다."

황제가 황후와 함께 자리에 앉았다.

잠시 후.

빵! 철커덩!

열차가 기적을 울리며 출발했다.

한양을 출발한 기차는 북상했다.

황제가 기차의 탑승을 흡족해했다.

"이 백작, 기차가 많이 흔들릴 줄 알았는데 이 정도면 거의 진동이 없군요."

"황실 전용 객차입니다. 그래서 대한철도에서 나름대로 최선을 다해 만들었다고 들었습니다."

"그렇군요. 일반 객차는 진동이 많이 심한가요?"

"그렇지는 않습니다. 다만 이보다 조금 더 진동이 있는 정도입니다."

"그렇다면 일반 객차도 탈만하겠군요."

"물론입니다. 우리 제국이 지금처럼 급속도로 경제가 발전하는 원인 중 하나가 철도입니다. 그만큼 안전하고 편리하다는 의미이기도 합니다."

황제도 동조했다.

"맞는 말씀입니다. 국가의 동맥인 철도가 불편하면 아니되지요. 한양에서 평양까지 얼마나 걸리지요?"

"이 열차의 속도가 시속 50킬로미터 정도입니다. 한양과 평양까지의 거리는 200여 킬로미터이니 4시간 정도면 도착할 수 있습니다."

"격세지감이네요. 10여 년 전만 해도 한양에서 평양까지 며칠이 걸렸는데 반나절 만에 도착하다니요."

"이제 시작일 뿐입니다. 기관차의 성능을 개선하면 시속 100킬로미터 이상도 낼 수가 있습니다."

황제가 놀라워했다.

"대단하군요. 그 정도로 빨리 달릴 수 있다니 놀라울 따름이군요."

"그뿐이 아닙니다. 앞으로 몇 년 이내에 내연기관을 장착한 기관차가 개발될 것입니다. 그 기관차는 그보다 훨씬 빠른 속도를 낼 수가 있습니다."

"말씀만 들어도 가슴이 벅찹니다. 그런 기관차가 개발된다는 것은 우리 제국의 공업이 그만큼 발전했다는 의미 아닙니까?"

대진이 자신 있게 대답했다.

"그렇습니다. 시작은 우리가 유럽보다 많이 늦은 게 맞습니다. 그러나 늦게 시작했다고 언제까지 뒤따라만 가지는 않습니다. 지금의 경제 발전 속도라면 금세기 내에 서구 열강과 어깨를 나란히 할 수 있을 것입니다."

"그게 정녕 가능하겠습니까?"

"물론 전부가 그렇게 되지는 않을 것입니다. 그렇지만 세기 말까지 남은 17년의 시간이라면 대부분을 따라잡을 수가 있습니다. 아니, 대부분 추월한다는 표현이 맞을 것입니다."

황제가 벅찬 표정을 지었다.

"기대가 됩니다. 그렇게만 된다면 우리 대한은 명실상부한 동양 최강대국이 되겠군요."

"지금도 그렇지만 그때가 되면 청국은 한참 발아래에 두게 될 것입니다."

"일본은 그렇지 않다는 말이군요."

"일본이 우리 때문에 성장세가 많이 꺾인 것은 맞습니다. 하지만 기본적인 저력이 있기 때문에 결코 쉽게 볼 나라는 아닙니다. 그렇다고 해서 우리를 앞서지는 못하겠지만 말입니다."

황제가 곰곰이 생각하다가 질문했다.

"규슈공화국이 앞으로도 독립을 유지할 수 있겠습니까?"

대진이 고개를 저었다.

"쉽지 않습니다. 일본도 당장은 우리 때문에 공략하지는 않을 겁니다. 하지만 오래지 않아 통일 전쟁에 나설 것이 분명합니다."

"열도가 다시 통일되면 일본의 국력이 급격히 강해지겠네요."

"그래서 군에서 늘 촉각을 곤두세우고 있습니다. 일본은 역사적으로 내분을 수습하기 위해 외부로 시선을 돌려 왔으니까요."

그 사실은 황제도 알고 있었다.

"그랬지요. 임진왜란도 열도를 통일한 여세로 벌어진 전쟁이었지요."

"예, 그렇습니다."

"하여튼 일본은 쉽지 않은 나라네요. 나라가 나뉘어 있어도 말입니다."

"맞는 말씀입니다."

황제와 대진은 평양에 도착할 때까지 대화를 나누었다. 두 사람의 대화는 중간에 있었던 점심때까지 이어지면서 다양한 주제로 진행되었다.

황제의 열차가 평양역에 도착했다.

황제가 평양을 찾은 것은 이번이 처음이다. 그런 황제를 영접하기 위해 김병덕(金炳德) 도지사를 비롯한 많은 관리들이 대기하고 있었다.

김병덕이 객차로 올라왔다.

"폐하! 어서 오십시오. 원로에 오느라 고생이 많으셨사옵니다."

황제가 반색했다.

"오! 김 도백(道伯) 오랜만이오."

김병덕(金炳德)은 안동 김씨로, 안동 김씨 세도 시절 요직을 두루 거쳤었다. 그러나 청렴결백해서 마군이 입성하고도 여러 직책을 맡아 왔다.

김병덕은 본래 수구파로 마군의 개혁에 대해 반대 입장을 갖고 있었다. 그러다 나라가 강국으로 성장하는 것을 보고는 생각을 완전히 뜯어고쳤다.

평안도는 한양·경기에 이어 가장 급격하게 발전하는 지

역이었다. 이런 평안도의 도백을 맡길 만큼 김병덕은 개혁가로 변신해 있었다.

김병덕이 대진에게 손을 내밀었다.

"오랜만이오, 이 백작."

"반갑습니다, 도백님."

김병덕이 황제에게 권했다.

"폐하! 소인이 모시겠사옵니다."

"부탁합니다."

황제가 평양을 찾은 것은 처음이었다. 그래서 12월이었음에도 연도에는 엄청난 인파가 모였다.

황제는 그런 주민들의 열렬한 환영을 받으며 평양을 둘러봤다. 그러고는 평양감영에 들러 도정 보고를 받고는 평양에서 하루를 머물렀다.

다음 날.

평양 주민의 열렬한 환영을 받으며 황제 내외가 다시 열차에 올랐다. 그렇게 출발한 열차는 하루를 꼬박 달려 다음 날 요양에 도착했다.

황제는 요양역의 웅장함에 놀랐다.

"아아! 대단하구나."

대진이 설명했다.

"이 역은 앞으로 국가 철도 산업의 중심이 되는 곳입니다.

그래서 다른 어느 역사보다 크고 웅장하게 지었습니다."

요양의 역사는 철로 위에 지어져 있었다. 그래서 다른 어떤 역보다 넓고 컸다. 황제가 그 점을 지적했다.

"발상의 전환이 대단합니다. 철로 위에 역사를 지을 줄은 몰랐어요."

"철강공업이 발전하고 있어서 이런 역사도 지을 수 있었던 것입니다. 역사를 이런 식으로 지으면 역 광장도 훨씬 넓게 사용할 수가 있습니다."

"그렇겠네요."

황제가 역사를 나왔다. 역사 앞에는 미리 이동시켜 놓은 황실 전용 마차가 대기하고 있었다.

"오르시지요, 폐하."

황제가 황후의 손을 잡았다.

"황후부터 오르세요."

"황감합니다."

대진은 설명을 위해 황제 내외와 함께 탔다. 대진까지 탑승하자 마차는 이내 출발했다.

"황궁은 역에서 얼마 떨어져 있지 않습니다. 대략 10분 정도면 도착할 수가 있을 것입니다."

"기대가 됩니다. 모형으로만 보던 황궁이 어떤 모습을 하고 있을지 궁금합니다."

황후도 기대감을 숨기지 않았다.

"신첩도 얼마나 아름다울지 참으로 궁금하옵니다."

대진이 설명했다.

"황궁의 내부 공사가 완전히 끝나지 않은 상황입니다. 그렇지만 주요한 건물들은 준공을 마쳤기 때문에 전체적인 형상을 보시는 데에는 문제가 없을 것입니다."

대화를 하는 동안 마차가 황궁에 도착했다. 미리 대기하고 있던 내관이 마차의 문을 열었다.

"하차하십시오, 폐하."

"고맙다."

황제가 마차에서 내렸다.

황후와 대진도 뒤따라 내렸다. 대기하고 있던 10여 명이 황제를 보고서 깊게 몸을 숙였다.

"어서 오십시오, 폐하."

대진이 소개했다.

"황도 건설의 총책임을 맡고 있는 양갑용 감독입니다."

황제가 손을 내밀었다.

"그동안 고생이 많았습니다."

"감사합니다."

양갑용이 도열해 있는 사람을 소개했다. 황제는 그들과 일일이 악수하며 그간의 노고를 치하했다.

인사를 마친 황제가 몸을 돌렸다. 그런 황제의 전면에는 황궁의 정문이 당당히 서 있었다.

양갑용이 설명했다.

"황궁은 사방을 폭이 20미터인 해자(垓字)로 둘러싸여 있습니다. 그런 황궁을 들어가기 위해서는 보시는 대로 5개의 석교를 건너야 합니다."

양갑용이 공손히 몸을 돌렸다.

"가시지요. 제가 모시겠습니다."

"부탁합니다."

황제를 안내하던 양갑용은 석교에 이르러 문관이 건널 수 있는 우측 다리를 건넜다. 그리고 황제 부부는 중앙의 황제만이 지날 수 있는 다리를 건넜다.

대진은 무관 전용 석교를 건넜다.

석교를 건너니 정문의 위용이 더한층 다가왔다. 그리고 조금 더 다가가니 정문의 현판이 보였다.

대안문

정문의 현판은 한글로 되어 있었다. 훈민정음체로 된 현판을 보면서 황제가 흡족한 미소를 지었다.

"우리글로 된 현판이군요."

"예, 황궁의 현판은 한글이 기본입니다."

"한자로 된 것도 있나요?"

"몇 곳 있기는 합니다. 그러나 그런 현판에도 한글이 전부

병기되어 있습니다."

"잘했습니다. 우리 황궁이니 당연히 우리글로 현판을 걸어야지요."

황제가 정문으로 올라갔다. 그러자 황궁의 전경이 한눈에 들어왔다.

양갑용이 설명했다.

"대안문은 북경의 천안문과 형태 면에서는 비슷합니다. 그래서 정면 광장의 병력을 사열할 수 있게 되어 있습니다. 누각에도 폐하께서 좌정하실 수 있는 옥좌가 마련되어 있고요."

설명이 끝나기 무섭게 누각의 문이 열렸다. 그런 누각의 내부는 온통 황금색의 화려한 장식으로 뒤덮여 있었다.

황제가 누각으로 들어가 옥좌에 앉았다. 그 모습을 본 모든 사람들이 동시에 몸을 숙였다.

황제가 기꺼워했다.

"좋군요."

양갑용이 소리쳤다.

"누각의 문을 모두 개방하시오!"

그러자 환관들이 일제히 문을 열었다.

황제가 탄성을 터트렸다.

"오! 여기 앉아서도 광장이 보이는구나!"

"광장 전부가 보이지는 않습니다. 하지만 옥좌에 앉아서도 광장의 동향을 직접 살피실 정도는 됩니다."

"그렇군요."

누각의 옥좌에 앉아 있던 황제가 밖으로 나왔다. 그러고는 양갑용의 안내를 받아 누각 뒤로 돌아갔다.

그러자 황금유리기와로 덮인 황궁 전각의 지붕들이 끝도 없이 늘어선 광경이 시야에 들어왔다. 좌우의 정면에는 경복궁 별궁보다 규모가 훨씬 큰 석조 궁전이 보였다.

양갑용이 설명했다.

"좌우의 석조 궁전은 경복궁 별궁의 2배 이상 됩니다. 특히 폐하께서 사용하실 궁전은 연회장 건물이 별도로 지어져 있습니다."

정문을 내려온 황제는 별궁으로 들어갔다. 그런데 바깥과 달리 별궁 내부가 훈훈했다.

황제가 의아해했다.

"난방장치를 별도로 한 것이오?"

"그렇습니다. 요양은 모두 네 곳의 열병합발전소가 건설되어 있습니다. 이 발전소는 전기도 생산하지만 남은 열을 지역에 공급하는 지역난방공사의 역할도 합니다."

양갑용이 한쪽에 있는 기구를 가리켰다.

"발전소에서 생산된 열은 저와 같은 기구를 통해 황궁에도 공급됩니다. 그래서 황궁의 모든 전각은 따로 불을 때지 않아도 됩니다."

황제가 크게 놀랐다.

"오! 그러면 목재나 숯으로 난방을 하지 않아도 된다는 말이군요."

"그렇습니다. 앞으로 황궁에서 불을 사용하는 곳은 음식을 만드는 소주방(燒廚房)이나 약재를 달이는 약방(藥房)으로 한정될 것입니다."

"허허! 놀랍구나, 놀라워."

양갑용의 설명이 이어졌다.

"달라진 것은 더 있습니다. 요양은 앞으로 모든 가정에 전기가 공급됩니다. 마찬가지로 황궁의 모든 전각에도 전기가 공급됩니다."

"오오! 문명의 이기가 이제는 완전히 정착이 되는구나."

대진이 거들었다.

"이번에 대한전기에서 만든 전등은 중석(重石)을 사용해서 빛을 발광합니다. 그래서 미국의 에디슨이란 인물이 개발한 탄소등보다 월등한 품질을 자랑합니다. 아울러 특허도 등록되어서 세계 각국으로 수출도 할 수 있게 되었습니다."

황제가 크게 고개를 끄덕였다.

"전등의 효용성이야 짐이 누구보다 잘 알고 있지요. 마군이 처음 경복궁의 편전에 전등을 달아 주었을 때 짐은 신세계가 열린 줄 알았습니다. 그런 전등이 민간에도 대대적으로 보급된다니 참으로 기쁜 일이군요."

대진도 적극 동조했다.

"맞는 말씀입니다. 미국도 그렇지만 유럽도 아직은 전기 공급이 원활하지 않습니다. 만일 요양 전역에 전기가 공급된다는 사실이 알려진다면 서양 외교관들이 많이 놀랄 것입니다."

양갑용도 동조했다.

"맞습니다. 요양 황도는 도시계획 초기부터 전기를 공급하게 된 최초의 사례입니다."

황제가 흐뭇해했다.

"세계 최초라니 대단합니다."

대진이 웃으며 거들었다.

"앞으로 폐하께서는 세계 최초라는 말을 많이 들으실 겁니다."

그 말에 황제가 크게 웃었다.

"하하하! 말만 들어도 기분이 좋네요. 좋은 일이야 많을수록 좋지요."

황제는 하루 종일 황궁을 둘러봤다.

그런데 황궁의 전각이 많아 모두 둘러보지 못했다. 그래서 별궁의 침소에서 하루를 보내고는 다음 날 오전까지 둘러보았다.

이어서 대진과 점심을 먹고는 요양 시내를 둘러봤다.

요양에는 이미 상인들을 비롯한 많은 주민들이 입주해 있었다. 그런 주민들은 황제의 마차를 보고는 쌍수를 들어 환영했다.

황제는 주민들의 열렬한 환호를 받으며 요양을 둘러보고는 더없이 만족했다.

이날 저녁.

황제는 공사 관계자들을 별궁으로 불렀다. 그리고 그 자리에서 관계자들에게 일일이 술을 따라 주면서 그동안의 노고를 치하했다.

공사 관계자들은 감격했다.

특히 양갑용의 감회는 남달랐다.

양갑용은 북벌이 시작되고 바로 요양으로 넘어왔다. 그때부터 지금까지 3년이 훌쩍 넘는 시간을 오로지 한길만 보고 살아왔다.

그의 건설 인생에서 요양이 거의 끝이라고 할 수 있었다. 그래서 누고보다 더 열정적으로 일을 해 왔는데, 그런 노력을 황제가 알아준 것이다.

물론 아직은 상당 기간 더 공을 들여야 제대로 된 도시가 만들어진다. 그러나 그런 뒷일은 시간을 두고 천천히 해 나가면 되는 일이었다.

그러기에 황제의 치하가 더없이 가슴에 와닿았다. 황제는 그런 양갑용에게 몇 번이나 선온(宣醞)을 내리면서 치하했다.

다음 날.

황제는 요양 주민의 열렬한 환영을 받으며 귀환했다. 한양으로 귀환한 황제는 이전보다 더 열정적으로 정사에 임했다.

황제가 요양을 다녀온 이후 요양까지 정기노선이 개설되었다. 그 철도를 타고 수많은 사람들이 요양으로 넘어갔다.

이렇듯 겨울임에도 이주민이 늘어난 것에는 이유가 있었다.

요양으로 먼저 이주하는 주민들에게는 지어진 주택에 우선 입주할 자격이 주어졌다. 더구나 황제가 요양을 다녀오면서 난방이 공급된다는 사실도 소문났다.

그래서 겨울임에도 이주 행렬은 끊이지 않았으며 봄이 되면서는 폭증하기까지 했다.

그리고 84년 5월.

드디어 천도가 단행되었다.

북벌과 함께 시작된 황도 건설이다.

무려 4년여의 공사 기간이 걸렸으면 매일 수만 명의 포로들이 동원되었다. 그 결과 요양은 신도시로 거듭나게 되었으며 그 중심에서 황궁도 당당히 제 모습을 드러냈다.

황궁의 정면에는 대형 광장이 들어섰다. 그런 광장의 좌우에는 내각 부서의 건물이 도열하듯 늘어서 있었다.

황도가 건설되는 동안 한양에 주재하던 각국 공사관의 공관도 새롭게 지어졌다. 그래서 천도의 이주 대열에는 각국 외교관들도 대거 합류했다.

한양은 버려지지 않았다.

한양은 배도(陪都)로 선포되었으며 청국의 심양과 같이 정부 조직이 남았다. 이 한양 정부에서 경기도를 포함한 경기 남부 지역을 통치하게 했다.

천도는 단시간에 끝날 수가 없다.

우선은 사람들이 대거 이주해야 한다. 이어서 정부가 제 몫을 다하기 위해서는 고유 기능이 제대로 돌아가야 한다.

그렇게 되기 위해서는 어느 정도의 기간이 필요하다. 그래서 철저하게 준비했으며, 그 기간 동안 역동적으로 변해 국가 발전에 큰 도움이 된다.

대한제국은 북벌 이전부터 천도를 준비해 왔다. 덕분에 천도는 대한제국의 새로운 성장동력이 되면서 국력 신장의 밑거름이 되었다.

서양은 천도를 경험한 적이 없다.

유럽에서는 한 번 수도가 정해지면 천 년 이상 거의 변하지 않는다. 그래서 서양 외교관들은 대한제국이 천도하면서 나라가 역동적으로 변하는 모습에 아주 큰 관심을 보였다.

러시아는 다른 나라보다 조금 늦은 지난해 가을 대한제국과 수교했다. 그런데 바로 공사가 파견되지 않다가 천도와 동시에 요양에 부임했다.

초대 러시아공사는 카를 이바노비치 베베르(Карл Иванович

Вебер)다. 카를 베베르 공사는 오랫동안 청나라에서 근무했으며 천진에서 영사로도 몇 년간 근무했다.

그래서 동양 각국과 대한제국에 대해 누구보다 잘 알고 있었다. 러시아 정부도 이런 베베르의 경험을 인정해 초대 공사 겸 영사로 임명했다.

카를 베베르 공사는 대한제국의 요양 천도 사실을 알고 있었다. 그래서 미리 요양에 건설 기술자를 보내 공사관을 건설한 뒤, 천도와 함께 공사관에 입주했다.

한양에 있던 다른 나라 외교관들도 지난해부터 요양에다 공관을 지었다. 그래서 천도와 동시에 새로운 공사관으로 입주할 수 있었다.

서양 외교관들은 수시로 연회를 개최한다. 그런 연회에서 각국 외교관들과 교류하면서 서로의 정보를 교류하거나 입수한다.

요양 천도와 새로운 공관 입주는 외교관들에게는 아주 좋은 핑계거리다. 그래서 요양에 천도하고 얼마 지나지 않아 공관에 입주를 기념해 수시로 파티를 개최하고 있었다.

더구나 카를 베베르 공사는 부임 기념도 해야 해서 성대한 파티를 개최했다. 이 파티에 대진도 참석해 그의 부임을 축하해 주었다.

대진이 먼저 인사했다.

"공사님 부임과 공사관 개관을 축하드립니다."

베베르 공사가 영어로 대답했다.

"감사합니다. 그렇지 않아도 천진에 주재할 때 백작님의 활약에 대한 소문을 많이 들어서 꼭 만나 뵙고 싶었습니다."

대진이 웃었다.

"하하하! 제가 그렇게 유명해졌습니까?"

"물론입니다. 제가 한국으로 부임하기 전에 천진에서 영사로 4년을 근무했습니다. 그 전까지 포함하면 20여 년을 청국에서 근무했지요. 그러다 보니 한국의 발전상과 백작님의 활약상에 대해 누구보다 잘 알게 되었지요."

대진이 어깨를 으쓱했다.

"저는 공사님을 잘 모르는데 공사님은 저를 잘 알고 계신다니 기분이 이상합니다."

베베르 공사가 크게 웃었다.

"하하하! 처음이어서 그럴 겁니다. 앞으로 친해지면 되지 않겠습니까?"

"그러면 저도 좋지요."

대진은 러시아를 상대로 추진하고 싶은 과업이 있었다. 그래서 누가 초대 공사로 오는지에 대해 촉각을 곤두세우고 있었다.

그 과정에서 천진영사로 있는 카를 베베르에 대한 조사도 해 놓았다. 그런데 그 카를 베베르가 공사가 된 것이다. 대진은 속으로 쾌재를 불렀다.

'역사 기록에 따르면 카를 베베르 공사는 누구보다 각별한 친한 인사였다. 이런 사람이 초대 공사로 왔으니 우리에게는

더없이 좋은 일이다. 분명 내가 추진하려는 일에도 도움이
될 거야.'

대진이 술잔을 들었다.

"앞으로 공사님과 잘 지냈으면 좋겠습니다."

카를 베베르 공사도 잔을 들었다.

"저도 그렇습니다. 언제까지 주재할지는 모르겠지만 머무
르는 동안 잘 부탁드립니다."

두 사람은 기분 좋게 잔을 비웠다.

대진은 카를 베베르 공사와 다양한 대화를 주고받았다. 천
진에 오래 주재했던 사람답게 카를 베베르는 동양 역사에 대
해 박식했다.

대화 도중 대진이 질문했다.

"베베르 공사님께서는 동양 역사에 대해 참으로 해박하시
는군요. 그런 분이라면 우리가 북벌을 하게 된 까닭도 잘 아
시겠네요?"

베베르 공사가 바로 인정했다.

"물론입니다. 저는 이곳 요동을 비롯한 만주 일대가 귀국
의 고토인 것으로 알고 있습니다."

대진의 입가에 미소가 걸렸다.

"맞습니다. 이 지역은 우리의 북방 고토지요. 그런 곳을
근 천 년 만에 되찾은 것이고요."

이러던 대진이 슬쩍 말을 흘렸다.

"그런데 귀국이 청국으로부터 얻어 낸 연해주와 북만주도 우리 고토라는 사실은 아십니까?"

베베르 공사의 얼굴이 굳어졌다.

"그렇습니까?"

"예, 연해주는 고구려와 발해의 영토였지요. 북만주는 북부여의 영토였고요."

베베르 공사가 어색한 표정으로 고개를 끄덕였다.

"그렇군요. 그러나 우리 러시아는 북경조약을 중재한 대가로 청국으로부터 정당하게 얻어 낸 영토입니다."

대진이 슬쩍 문제를 제기했다.

"그렇기는 하지요. 청국으로선 자신들의 영토가 아니었으니 단 한 번의 협상의 대가로 그 넓은 영토를 넘겨준 것이지요. 그것도 '무상'으로요."

베베르 공사의 안색이 더 굳어졌다. 그런 모습을 본 대진이 웃으며 손을 저었다.

"이런, 제가 공연한 말을 했군요. 청국의 잘못이 있다 해도 이제 와서 그걸 문제 삼을 생각은 없습니다. 그러니 공사님께서 너무 부담 가지실 필요는 없습니다."

"아, 알겠습니다."

마침 웨이터가 지나갔다. 대진은 갖고 있던 빈 잔을 건네고는 새로운 술잔을 받았다. 그러고는 잔을 들어서 사과했다.

"공연한 말로 심기를 어지럽혔습니다. 이건 벌주라 생각하고 잔을 비우겠습니다."

이러면서 잔을 단숨에 비웠다.

이때 해리 파크스 공사가 다가왔다.

"무슨 대화를 이렇게 재미있게 하십니까?"

대진이 얼른 말을 받았다.

"카를 베베르 공사님께서 동양 역사에 박식하시더군요. 그래서 그 주제로 잠시 대화를 나누고 있었습니다."

"오! 그랬습니까?"

해리 파크스도 평생을 동양에서 외교관 생활을 하고 있었다. 그랬기에 자연스럽게 대화에 끼어들었으며, 세 사람은 동양 역사를 놓고 한동안 대화를 나눴다.

대화를 나누면서 카를 베베르 공사는 대진을 은근히 경계했다. 대진도 그런 시선을 느꼈지만 조금도 개의치 않았다.

그러나 말은 조심했다.

대진은 연해주와 북만주에 대해 두 번 다시 거론하지 않았다. 그 덕분에 대화는 꽤 오랫동안 진행되었다.

그렇게 파티는 끝났다.

대진은 마차를 타고 돌아오면서 생각했다.

'이제부터 베베르 공사는 내 말에 부담을 갖기 시작할 것이다. 베베르 공사는 우리가 천 년 전의 고토도 무력으로 수복했다는 것을 누구보다 잘 알고 있다. 그러니 언제 우리가 연해주와 북만주를 공개적으로 거론할지 불안할 거야. 그런 불안감

이 심해질수록 협상에서 우리가 더 유리해질 수밖에 없다.'

대진이 마차의 소파에 몸을 기댔다.

'자! 이제 주사위가 던져졌으니 무슨 숫자가 나오는지 기다려 보자.'

이러면서 대진은 눈을 감았다.

그 시각.

베베르 공사는 집무실로 들어갔다.

그는 천진에서 하던 대로 촛불을 켜려다가 피식 웃고는 전등을 켰다. 순간 전등에 불이 밝아지면서 집무실이 대낮처럼 환해졌다. 베베르 공사가 감탄했다.

"아아! 대단히 밝구나. 미국에서 발명한 전등은 며칠 사용하지 못한다고 하던데 이건 완전히 달라. 전등을 사용한 지 한 달이 넘었는데도 아무 이상이 없어."

베베르 공사는 전등을 잠시 바라보다가 소파에 앉았다. 그런 그의 머릿속에는 조금 전에 대진이 한 말이 계속해서 떠오르고 있었다. 베베르 공사가 한숨을 내쉬었다.

"후우! 이 백작은 누구보다 협상에 능한 사람이다. 그런 사람이 아무 의도도 없이 연해주와 북만주를 거론했을 까닭이 없어."

베베르 공사는 자신의 독백에 스스로 놀랐다. 그러면서 갑자기 불안한 생각이 들었다.

4장

베베르 공사는 자리에서 벌떡 일어났다. 그는 소파 주변을 서성거리면서 독백을 했다.

"한국이 연해주와 북만주를 공식적으로 거론하면 큰일이다. 한국은 청국과의 전쟁에 투입했던 수십만의 병력을 전부 북방에 배치해 두고 있어. 그 병력이 총부리만 돌리면 바로 우리 러시아와 맞닥뜨리게 된다."

그의 발걸음이 더 빨라졌다.

"한국은 그런 식으로 손쉽게 군사행동을 할 수가 있다. 그러나 우리는 아니야. 상트페테르부르크에서 블라디보스토크까지, 아니 그 절반인 이르쿠츠크까지 오려고 해도 한 달 넘게 걸려. 더구나 겨울이 되면 하! 그조차도 불가능하다."

그가 주먹을 움켜쥐었다.

"유럽이라면 모르지만 지금으로선 전쟁이 벌어지면 어려워. 더구나 한국이 청국을 압도하는 화력을 보유하고 있는 것도 문제야."

베베르 공사가 소파에 주저앉았다.

"하루빨리 대책을 강구해야 해. 그러지 않으면 언젠가는 사달이 날 수밖에 없어."

베베르 공사는 이날 거의 잠을 자지 못하고 고심을 거듭했다. 그만큼 대진이 던진 말 한마디가 그의 심중을 크게 뒤흔들어 놓았다는 뜻이었다.

대진과 베베르 공사는 수시로 만났다.

각국 공사관에서는 수시로 연회를 개최했다. 요양으로 천도한 이후 황제는 주기적으로 각국 공사들을 초대해 만찬을 가졌다.

그럴 때마다 두 사람은 만났다.

만남이 이어질 때마다 베베르 공사는 늘 대진의 말이 떠올랐다. 그러면 늘 마음 한구석에서는 불안감이 스멀스멀 기어올랐다.

과거였다면 무시해도 된다.

그러나 지금의 아니다.

대한제국은 러시아가 전력을 다해도 이길 수 있다는 장담을 할 수 없는 나라가 되었다. 더구나 이곳은 러시아 본토에서 지리적으로 너무 멀었다.

문제는 러시아 내부에도 있었다.

전임 차르인 알렉산드르 2세는 개혁 군주였다. 그런 차르는 농노해방 등 수많은 개혁을 시행하면서 러시아를 근대국가로 발전시키려 노력했었다.

그런데 그런 개혁이 알렉산드르 2세를 죽음으로 몰고 갔다. 차르의 개혁에 불만을 품은 개혁주의자의 폭탄 테러에 암살되고 만 것이다.

이후 차르에 오른 알렉산드르 3세는 철저한 전제군주였다. 더구나 부친이 자유주의자에게 폭사한 것에 대한 분노가 대단했다.

새로운 차르는 즉위하자마자 자유주의를 철저하게 탄압했다. 그렇게 시작한 공포정치는 자유를 조금이나마 맛본 러시아국민들의 원성을 살 수밖에 없었다.

그런 원성은 실력 행사로 나타났고 러시아는 한동안 폭동에 시달려야 했다. 그 바람에 차르가 즉위하고 몇 년이 지났음에도 아직도 나라가 어수선했다.

이런 본국의 상황 때문에라도 다른 생각을 할 수가 없었다. 설사 있다고 해도 베베르 공사는 그러고 싶은 마음이 없었다.

그러던 어느 날.

베베르 공사에게 초대장이 날아들었다. 공사 무관인 이바

노프 중령이 직접 초대장을 가져왔다.

"공사님, 대한자동차라는 회사에서 초대장이 날아왔습니다."

베베르 공사가 고개를 갸웃했다.

"자동차 회사가 한국에 있다고?"

"그렇다고 합니다."

베베르 공사가 초대장을 건네받았다. 초대장에는 신차 발표회에 초대한다는 내용이 적혀 있었다.

베베르가 놀라워했다.

"대단하구나. 우리 러시아는 생각조차 못 하고 있는데 한국에서 자동차를 만들다니. 자동차는 프랑스에서 증기기관으로 운행하는 버스가 유일한 것으로 아는데. 한국에서 자동차를 새로 만들었어."

공사 무관이 정보를 전했다.

"신차 발표회라고 하니 자동차를 새로 만든 것은 분명한 것 같습니다. 그런데 제가 듣기로는 이미 몇 년 전에 한국에서 자동차를 몇 대 만들었다고 합니다. 그렇게 만든 자동차를 황제와 대원왕을 비롯한 몇 사람이 타고 다녔고요."

그 말에 베베르 공사가 깜짝 놀랐다.

"그래? 나는 자동차를 본 적이 없는데?"

"저도 여기서는 본 적이 없습니다. 하지만 다른 공사 무관의 말을 빌리면 한양에서는 자주 자동차가 보였다고 합니다."

"그랬구나. 그런 일이 있는 줄은 전혀 몰랐어."

"유럽 외교관들은 한국의 자동차에 대해 엄청난 관심을 갖고 있다고 합니다."

"무조건 가 봐야겠구나. 그날 귀관도 나와 함께 가 보세."

"예, 알겠습니다."

유홍기(劉鴻基)는 한의사다.

호가 대치(大致)여서 유대치로 불린다. 본래는 역관 집안이었으나 어려서 의학에 관심이 많아 의원이 되었다.

그러나 의과는 보지는 않았다.

역관인 오경석(吳慶錫)과는 집안끼리 알고 지낼 정도로 가까웠다. 그는 오경석이 중국에서 가져온 해국도지(海國圖志) 등 다수의 신서를 함께 연구하면서 개화사상을 갖게 되었다.

그러던 1869년 박규수(朴珪壽)가 평안도 관찰사로부터 한성판윤으로 전임되어 상경했다. 유대치는 오경석과 함께 박규수를 찾아갔다.

그러고는 양반 자제들을 뽑아 개화사상과 신서를 교육시켜 개화파를 형성하자고 설파했다. 박규수도 이 제안을 받아들여 그들을 앞세워 나라에 일대 혁신을 일으키자고 합의했다.

이때부터 박규수의 사랑방에서 김윤식 · 김옥균 · 박영효 · 홍영식 · 유길준 · 서광범 등에게 개화사상을 교육시키기 시작했다. 그러면서 이들을 중심으로 개화파를 형성하려 할 즈음 마군이 왔다.

마군은 놀라운 일을 벌였다.

단숨에 수구파를 몰아냈으며 세도정치를 벌이려던 왕비의 척족을 모조리 쓸어 냈다. 그러고는 대원군을 앞세워 거침없이 개혁을 밀어붙였다.

유대치는 환호했다.

자신이 10년 넘게 고심해 오던 국가 개혁을, 마군이 단숨에 이뤄 낸 것이다. 그러면서 새로운 제도를 도입해 신진 관료들을 대거 임용했다.

이뿐만이 아니었다.

마군은 개혁 성향의 인사들을 따로 모아 특별 교육을 실시했다. 유대치도 이 교육에 참여해서 수많은 신문물을 접하면서 새로운 눈을 뜨게 되었다.

덕분에 이전보다 더한 개혁가가 되었다.

그럼에도 공직에는 진출하지 않았다.

그는 한발 물러서 자신의 제자들이 관직에서 제대로 활동할 수 있도록 도움을 주었다. 덕분에 그의 제자들은 누구보다 열심히 공직 생활을 할 수 있었다.

그러다 평생 동지였던 오경석과 박규수를 연이어 먼저 떠나보냈다. 유대치는 아쉬웠으나 나라가 개혁되는 것을 보며 슬픔을 잊었다.

아니, 슬픔을 생각할 겨를이 없었다.

몇 년 동안 힘을 기르던 조선은 일본과 청국을 연이어 격파했다. 그뿐 아니라 서양의 최강국인 프랑스를 격파하는 놀라운 전과를 거두었다.

그 결과 조선은 북방 고토를 수복했으며, 대한제국으로 거듭나게 되었다.

유대치는 대한이 천도할 때 한양 살림을 전부 정리해 요양으로 올라왔다.

그러고는 '대치의원'이란 병원을 개업해 병자를 돌보고 있었다. 이런 유대치의 병원에는 언제나 그의 제자들이 모여들었다. 그러면서 언제부터인가 그에게 '백의정승(白衣政丞)'이란 별호까지 붙여졌다.

이런 유대치에게도 초대장이 날아왔다.

그는 김옥균이 가져온 초대장을 보며 의아해했다.

"이게 무엇이더냐?"

김옥균이 설명했다.

"스승님, 혹시 자동차라고 아시는지요?"

"당연히 알다마다. 황제 폐하와 대원왕 전하께서 타시고 다니던 차가 아니더냐? 예전에 마군에게 교육받을 때 동영상으로 본 기억도 있다."

"바로 그 물건이옵니다. 지금까지 황제 폐하께서 타고 다니시던 어차는 마군이 가져온 물건이어서 상용화가 곤란했

다고 합니다. 그러나 10여 년의 노력 끝에 이번에 성공하게
되었고요."

유대치가 놀랐다.

"10년 세월을 노력했단 말이더냐?"

"그렇습니다."

"아아! 놀랍구나. 마군이 보유한 각종 신기술도 대단한데 그
런 노력까지 기울였다니. 그렇다면 분명 걸작이 나왔겠구나."

"저도 직접 보지는 못해서 실상은 모릅니다. 하지만 들리
는 소문에 따르면 놀라운 물건임에는 분명합니다."

"그렇구나. 그렇다면 신기술을 보기 위해서라도 신차 발
표회에 가 봐야겠구나."

"예, 그렇게 하십시오. 스승님께서 참관하신다는 사실이 알
려지면 우리 개화당의 인사들도 모두 참석하게 될 것입니다."

유대치·오경석·박규수가 키운 인재들이 별도로 당파를 구
성하지는 않았다. 그러나 누구보다 개혁 성향이 강한 이들은 스
스로를 개화당(開化黨)이라 칭하면서 수시로 모임을 갖고 있었다.

"이보게, 고균(古筠)."

고균은 김옥균의 호다.

"예, 스승님."

"당여(黨與)들과는 자주 만나고 있나?"

"그렇습니다. 모두들 관직에 있어서 한꺼번에 만나기는
어렵습니다. 하지만 수시로 교류를 가지면서 개혁 방향에 대

해 여러 의견들을 나누고 있습니다."

"조심해야 해. 관리들의 정치 참여가 금지되어 있는 지금이야. 너무 잦은 회합은 자칫 오해를 받을 수가 있어."

김옥균은 당당했다.

"저희는 정치를 하려고 모임을 가지는 것이 아닙니다. 오직 나라를 위해 개혁을 좀 더 잘할 수 없는가를 토론하고 협의하는 것뿐입니다."

"그래서 조심하라는 걸세. 내각의 신진 관리들 중에도 자네처럼 개혁 추진에 열성을 가진 사람들이 많잖아."

김옥균도 알고 있는 사실이었다.

"스승님의 말씀이 맞습니다. 요즘은 정부의 젊은 관리 중에 개혁적이지 않은 사람이 없을 정도입니다."

"그러니 조심하라는 거야."

김옥균이 곤혹스러워했다.

"그렇다고 만남을 줄이는 것은 오히려 이상하지 않겠습니까? 솔직히 말씀드리면, 저희는 누가 뭐라도 당당해서 줄이고 싶은 생각이 없습니다."

유대치가 조언을 했다.

"그러면 차라리 정식으로 연구 모임을 발족하도록 해. 아니면 정부에 건의해서 별도의 연구소를 설립하든지."

유대치의 말뜻을 김옥균이 대번에 알아들었다.

"공식 모임으로 만들라는 말씀이군요."

"그렇지. 지금처럼 만나다 보면 모임 자체가 정치적으로 변질될 우려도 있어. 그게 아니더라도 참석자 중 누군가가 변심해서 오염될 가능성도 있지. 그러니 비공식 모임을 자제하고 아예 공식 모임을 만들어 보도록 해. 그리고 참여자의 문호를 넓게 개방한다면 일석이조가 될 거야."

김옥균이 감탄했다.

"역시 스승님께서는 언제나 저희의 길을 열어 주시는군요. 알겠습니다. 돌아가는 길에 벗들과 만나서 스승님의 말씀을 공론화해 보겠습니다."

유대치가 너털웃음을 터트렸다.

"허허허! 그렇게 하도록 해라. 그리고 불원간 서양 제국들처럼 우리도 의회가 만들어질 거라는 생각이 드는구나."

김옥균의 눈이 커졌다.

"무슨 정보라도 들으신 것이 있습니까?"

유대치가 고개를 저었다.

"그렇지는 않다."

"그런데 왜 이런 말씀을 하시는지요?"

유대치가 생각을 밝혔다.

"우리는 관직에 나아가는 것 자체가 정치에 입문하는 거였다. 그러다 마군이 오면서 관리들의 정치 행위가 전면 금지되었다. 그러나 대저 어떤 사람이든 조금이라도 의식이 있다면 정치를 입에 올리지 않을 수 없다."

김옥균도 동조했다.

"맞습니다. 유학에서도 정치는 곧 치도(治道)라고 했습니다."

"그렇지. 유자에게 학문은 곧 정치다. 그런데 마군이 오면서 관리들의 정치 행위가 일체 금지되었으니 음으로 양으로 불만이 쌓일 수밖에 없다. 물론 지금이야 개혁을 추진하는 상황이어서 그런 불만쯤은 무시하고 갈 정도는 된다. 그러나 언제까지 덮어 둘 수는 없는 일이야."

김옥균도 동조했다.

"맞는 말씀입니다. 정부에서도 어떤 식으로든 돌파구를 만들어 주어야 할 것입니다."

그러나 유대치는 고개를 저었다.

그가 문제를 지적했다.

"정부에서 관리들의 정치 행위를 용인해 주지 않을 거다. 자네도 보다시피 지난 10년간 나라가 얼마나 안정되었느냐? 이 정도로 나라가 안정된 것은 마군의 영향도 크지만 관리들의 정치 행위를 철저히 금지해서야."

"스승님께서는 관리들의 정치 행위는 지금처럼 금지하는 것이 좋다고 생각하시는군요. 그 대안으로 서양처럼 의회를 만들자는 말씀이고요."

"그렇다. 마군도 그렇지만 황제 폐하께서도 언젠가 정치를 풀어 주어야 한다는 생각은 갖고 계실 것이다. 그때가 언제일지는 장담할 수는 없지만 말이다."

김옥균이 크게 머리를 끄덕였다.

"알겠습니다. 그때를 대비하기 위해서라도 공식 모임 발족을 서두르겠습니다."

"그렇게 해라."

유대치의 의원을 나온 김옥균은 곧바로 지인들을 불러 모았다. 그러고는 토의 끝에 '개혁 모임'이라는 정식 모임을 발족했다.

이 일은 바로 대진에게 알려졌다.

대진이 군정본부를 찾아갔다.

군정본부는 그동안 북방 지역의 군정을 맡아 왔다. 그러다 요양 천도 후 요동과 요서 지역 관리는 내각에 넘겨주었다.

그래서 지금은 만주와 열하 일대, 그리고 내몽골 지역만 관장하고 있었다. 이런 군정본부의 총사령관은 손인석이었다.

"어서 오게, 이 백작."

손인석의 집무실에는 마군 출신 지휘관들이 자주 찾았다. 이날도 집무실에는 해병대사령관 장병익과 몇 명의 지휘관들이 들어와 있었다.

"모두들 잘 계셨습니까?"

장병익이 웃으며 반겼다.

"하하하! 어서 와, 이 백작."

대진이 백작이 된 이후부터 사람들은 그를 특보라는 직책보다 백작으로 호칭했다. 대진은 처음에는 어색했으나 이내

익숙해졌다.

대진이 이들과 반갑게 인사를 했다. 인사를 마치고 자리에 앉으며 대진이 질문했다.

"총사령관님, 개혁 성향의 관리들이 개혁 모임을 만든 것을 아시는지요?"

손인석이 대답했다.

"보고를 받았다. 통신부 국장 김옥균이 주동이 되어 만들었다고 하더군."

장병익도 거들었다.

"맞아. 나도 그렇다는 말을 들었어. 그나저나 김옥균이란 사람 대단해."

"뭐가 말입니까?"

"정치 성향이 강한 사람이 되어서인지 적절한 시기에 모임을 만들잖아. 그것도 정치색이 강한 모임을 말이야."

대진도 동조했다.

"그러게 말입니다."

총참모장이 나섰다.

"관리들의 정치를 금지한 지 10년입니다. 그 정도면 많이 참았다고 봐야지요. 이제는 정치를 할 수 있도록 의회를 발족할 때가 되기는 했습니다."

손인석도 동조했다.

"하긴, 많이 참기는 했지."

다른 참모가 부언했다.

"맞습니다. 조선의 유학자들은 태어나는 순간 정치와는 불가분의 관계를 갖게 됩니다. 유학에서 정치는 언로라는 말도 하고요. 그런 사람들의 입을 막아 놨으니 많이 답답해하고 있을 것입니다."

대진의 생각은 달랐다.

"그렇다고 지금 당장 의회를 개설하는 것은 무리입니다. 국민의 민도가 낮은 상황에서 어떻게 의원을 선발하겠습니까?"

장병익도 동조했다.

"맞습니다. 아직은 문맹률도 절반이 훌쩍 넘는 상황입니다. 이런 상태에서 투표하게 되면 금권 타락 선거가 횡횡할 것입니다. 직접선거는 좀 더 시간이 필요합니다."

총참모장이 난색을 보였다.

"그렇다고 이대로 무한정 시간을 보낼 수는 없는 일입니다."

그러자 대진이 제안했다.

"그래서 저는 당분간 간접선거로 선출하는 방식을 채택하는 것이 어떨까 생각합니다."

손인석이 대번에 관심을 가졌다.

"어떻게 말인가?"

"황제와 우리 마군, 그리고 내각과 사회단체가 일정 비율을 추천하는 겁니다. 작위 수여자는 당연직으로 포함하고요. 그래서 입법 기능 없이 내각이 제정한 법률안을 심의하거나 예산심의 등을 하면 어느 정도 의회 기능을 수행할 수 있지 않겠습니까?"

"가장 중요한 것이 입법 기능인데 그걸 없애면 의미가 없지 않을까?"

"의원들도 아직은 입법을 직접 처리할 정도의 수준은 아니라고 생각합니다. 그리고 입법은 일정 시간이 지나 국민이 직접선거로 뽑은 하원이 담당하면 될 것입니다."

"상하원제로 운영하자는 말이구나?"

"예, 그렇습니다."

총참모장도 동조했다.

"괜찮은 생각 같습니다. 나라의 영토도 여느 대국 못지않게 커졌고 지역마다 특색이 명확해서 상하양원제가 국가 발전에 도움이 더 될 것입니다."

손인석이 고개를 끄덕였다.

"알겠네. 우선은 지금 거론된 개념부터 정리해 보도록 하세."

며칠 후.

대진이 한양을 찾았다.

요양으로 천도할 당시 대원왕은 함께하지 않았다. 그 대신 한양에 남아 한양 내각을 직접 관장하면서 경기 이남 지역을 다스리게 되었다.

이렇게 된 데에는 대진이 황제에게 적극적으로 진언한 덕분이었다.

대원왕은 어느 누구보다 권력욕이 강한 사람이다. 그래서 안동 김씨 세도 당시에도 모진 고난을 끝까지 참아 냈다.

그리고 그렇게 얻은 권력이어서 놓지 않으려 하다가 황후 일파와 권력투쟁을 벌이기도 했었다.

그런 대원왕이기에 천도를 한다고 해서 섭정을 내려놓지는 않을 거라고, 대진은 생각했다. 그래서 대원왕의 욕망을 해소시켜 주면서 섭정을 끝낼 명분을 만들어 주고 싶었다.

대원왕도 사정을 모르지 않았다.

그런데 자신이 요양으로 따라 올라가면 섭정을 끝낼 명분이 없어진다. 그렇다고 대안이 없는 상황에서 섭정을 끝내자니 자신은 그저 그런 황족으로 남게 될 수밖에 없었다.

대원왕은 그것이 싫었다.

그러던 차에 대진이 한양 내각의 대원왕 관장이라는 묘안을 생각해 낸 것이었다. 이 제안을 황제도 반겼으며 대원왕도 크게 반겼다.

덕분에 천도와 함께 대원왕은 섭정을 거두면서 한양에 남게 되었다. 그 결과 황제의 친정이 시작되었으며, 대원왕은 한양 내각을 관장하게 되었다.

그렇다고 대원왕이 이전처럼 만기를 친람하지는 않는다. 어차피 대부분의 국정은 한양 내각에 일임되었기 때문이다.

그럼에도 대원왕은 너무도 좋았다.

그래서 지난 몇 개월 동안 혼신의 노력을 다해 정무에 임했다. 대원왕이 정무를 관장하면서 한양 내각은 이전보다 훨씬 능률적으로 돌아갔다.

　덕분에 대규모 주민 이주로 생긴 각종 문제를 무난히 해결해 나가고 있었다. 이날도 여전이 열정적으로 정무를 보고 있을 때 대진이 찾아왔다.

　"전하! 이대진 백작이 들었사옵니다."

　대원왕이 반색했다.

　"오! 어서 들라 하라."

　문이 열리고 대진이 들어왔다. 대원왕은 자리에서 일어나 대진에게 손을 내밀며 환대했다.

　"어서 오게, 이 백작."

　대진이 공손히 손을 맞잡았다.

　"그건 잘 지내셨습니까? 몇 달 동안 바빠서 찾아뵙지도 못했습니다."

　"당연히 바쁘겠지. 황도를 옮긴 이후인데 어찌 바쁘지 않겠나."

　"정무를 보고 계셨나 봅니다."

　대원왕이 환하게 웃었다.

　"그래, 요즘 들어 국정을 돌보느라 정신이 없어."

　"건강을 살펴 가면서 하십시오. 전하께서 본토에서 굳건하셔야 나라가 바로 섭니다."

대원왕이 크게 웃었다.

"하하하! 걱정 말게. 다른 것은 모르지만 과인이 건강 하나는 누구보다 자신한다네."

"강건하신 것은 저도 잘 압니다. 하지만 격무에 시달리시면 급격히 건강을 해칠 수가 있습니다. 그러니 주기적으로 건강검진을 받으셔야 합니다."

대원왕이 크게 고개를 끄덕였다.

"알겠네. 이 백작의 말대로 건강을 꼭 챙기도록 하겠네."

대진이 슬쩍 웃었다.

"하하! 그래도 보기가 너무 좋습니다."

대원왕은 대진이 무슨 의도로 이런 말을 하는지 바로 알아들었다. 그는 진심으로 고마운 마음을 표현했다.

"이 모두가 이 백작의 공이야. 천도할 때 이 백작이 묘안을 내놓지 않았다면 과인은 끝까지 탐욕스러운 늙은이로 남았을 거야."

"그렇지 않습니다. 전하께서는 섭정을 하실 때도 사심 없이 정사에 임하셨습니다. 그런 덕분에 우리 대한이 제국이 될 수 있었고요."

대원왕이 고개를 저었다.

"아니야. 과인의 노욕이었어. 황상의 성수(聖壽)가 벌써 서른을 넘겼으면 진즉에 섭정을 내려놓아야 하는데 그러지 못했어. 머리로는 내려놓아야 한다는 걸 알면서도 그다음을 생각하면 눈앞이 캄캄해졌었지."

그렇게 말하던 대원왕이 대진을 바라봤다.

"그런 과인에게 이 백작이 은총을 내려 준 거야."

"과찬이십니다."

대원왕이 지난날을 회상했다.

"처음 철종 황제께서 승하하셨을 때 태황태후께서는 과인을 보위에 올리려고 했었지. 그러나 그렇게 할 수가 없었어."

"안동 김씨 때문이었군요."

"그렇지. 그렇게 되면 안동 김씨가 절대 가만있지 않을 거라는 사실을 과인도, 태황태후도 알았지. 그래서 고육지책으로 둘째인 황상을 옹립했던 거야."

"안타까운 일이군요."

대원왕이 주먹을 움켜쥐었다.

"그래, 참으로 안타까운 일이었지. 한 나라의 보위가 일개 가문 때문에 바뀌게 되었으니 말이야. 누구에게도 말은 안 했지만 과인은 그 일이 평생의 한이었지. 그래서 무리인 줄을 알면서도 권력을 놓으려 하지 않았어."

대진이 고개를 끄덕였다.

"그러실 거라고 짐작은 했었습니다."

"그래서 이 백작이 고맙고, 나라를 제국으로 만들어 준 마군이 고마워. 만일 그대들이 없었다면 우리 대한이 어찌 제국이 되었겠나. 그리고 과인이 어떻게 이렇게 친정을 할 수 있었겠어."

대원왕은 감정이 북받쳐 잠시 말을 못 했다. 그러다가 갑자기 너털웃음을 터트렸다.

"허허허! 과인이 공연한 말을 했구나."

대진이 몸을 숙였다.

"아닙니다. 괜찮습니다."

"어쨌든 이 백작에게는 고맙네. 그리고 황상에게도 전해 주게. 과인의 친정은 과인의 대에서 끝날 것이니 뒷일은 걱정하지 말라고 말이야."

"알겠습니다."

"그런데 오늘은 어인 일인가?"

대진이 요양에서 있었던 일을 설명했다.

대원왕은 침묵했다.

"으음! 10년이면 짧지 않은 시간이지."

"예, 어떤 식으로든 풀어 줄 때가 되었습니다."

대원왕은 단호했다.

"정치를 재개하는 것은 생각해 볼 문제야. 그리고 관리들의 정치 참여는 절대 불가야. 지난 10년간 우리 제국은 그 어느 때보다 평안했어. 나는 그런 평안을 관리들의 정치 재개로 깨트리고 싶지 않아. 지금은 오직 국가 발전에 일로매진할 때야."

대진도 동조했다.

"저도 그렇게 생각합니다. 그러나 정치 욕구를 너무 압박하다 보면 자칫 큰 문제로 비화될 수도 있습니다."

대진이 김옥균의 개혁 모임에 대해 설명했다. 그 말을 들은 대원왕의 표정은 심각해졌다.

"그런 모임이 본격화되면 정치 욕구가 봇물처럼 터져 나올 수도 있겠구나."

"예, 그래서 저희들이 많은 고심을 했습니다. 그리고 이런 구상을 해 봤습니다."

대진이 가져온 서류를 내밀었다.

대원왕이 서류를 받다가 서류 맨 앞장에 적힌 제목을 보고 흠칫했다.

"제국 의회(帝國議會)?"

"그렇습니다. 전하의 말씀대로 저희들도 관리들의 정치 참여는 절대 반대입니다."

"당연히 그렇겠지. 관리들의 정치 금지 방안을 만든 것이 마군들이었잖아."

"그렇습니다. 그러나 언제까지 정치를 금지시킬 수는 없다고 생각했습니다. 그렇다고 서양처럼 모든 국민들에게 투표권을 주어서 의원을 뽑는 것도 시기상조이고요."

대원군이 펄쩍 뛰었다.

"그건 절대 안 될 말이야! 개혁이 아무리 잘 진행되고 있다고 해도 지역에서는 아직도 유림이 절대적인 힘을 갖고 있어!"

"예, 그래서 저희가 외국의 사례들을 연구해 방안을 내놓았습니다. 전하께서 서류를 검토해 보시지요."

대원왕이 서류를 넘겼다.

대원왕은 점차 서류에 빠져들었다.

대진은 대원왕이 먼저 입을 열 때까지 기다려 주었다. 그렇게 얼마의 시간이 지나자 대원왕이 한숨을 내쉬었다.

"허어! 상당히 고심을 했나 보구나. 지금까지의 업적이라면 마군이 절반을 가져간다고 해도 뭐라고 하지 않았을 터인데 말이야."

대진이 고개를 저었다.

"그렇게 할 수는 없었습니다. 주민이 직접 투표로 선발하지는 않지만 그래도 의원들의 선발은 어느 정도는 공정해야 합니다."

대원왕이 선발 내용을 읽었다.

"황제가 전체의 1/4, 마군이 1/4 선발하고 작위 수여자는 당연직으로 임명한다. 그리고 각 단체에서 추천한 대표자와 도 단위에서 추천한 대표자로 제국 의회를 구성한다면 나름대로 공정성은 담보되겠구나."

"그렇습니다. 그리고 훗날 주민투표를 실시할 때가 되면 의회를 상하원으로 나누는 겁니다. 그래서 제국 의회는 상원이 되고 하원 의원은 주민들이 직접 투표로 선출하는 겁니다."

대원왕 공감을 표했다.

"그래야겠지. 언젠가는 우리도 제대로 된 의회를 출범시켜야 하니 지금부터 준비해 놓는 것이 좋겠지."

"감사합니다. 그리고 아직은 이 사안을 황제 폐하께 보고를 하지 않았습니다. 하오니 전하께서 말씀을 올려 주시겠습니까?"

대원왕이 즉석에서 동의했다.

"그렇게 하겠네. 마침 잘되었어. 얼마 후에 있을 자동차신차 발표회를 참관하러 갈 예정이었어. 그때 이 백작이 과인과 함께 황상을 만나도록 하세."

"예, 알겠습니다. 저는 전하께서 오실 때까지 기다리겠습니다."

대진은 기꺼웠다.

간선을 선출하는 제국 의회라 해도 황권을 어느 정도 제약하게 된다. 더구나 앞으로 직접 투표로 선출하게 되는 의원은 내각을 구성하는 막강한 권한까지 갖는다.

그렇게 되면 황제의 위상은 지금과는 현격하게 달라질 수밖에 없다. 대원왕도 이러한 상황을 모르지 않았지만 제국 의회 발족을 흔쾌히 동의했다.

그 정도로 대원왕은 이전과는 달리 권력에 대한 욕심을 많이 내려놓고 있었다. 더구나 지금의 자리에 크게 만족하고 있다는 의미이기도 해서 대진은 더없이 기뻤다.

덕분에 귀환 길은 더없이 가뿐했다.

7월 초.

신차 발표회가 열렸다.

발표회가 열리던 날.

대진이 시간을 맞춰 역으로 나갔다. 한양에서 올라오는 대원왕을 영접하기 위해서였다.

황제는 대원왕의 요양 방문을 위해 황실 전용 열차를 보내주었다. 그 열차를 탄 대원왕이 시간에 맞춰 요양에 도착했다.

대진이 객차로 올라갔다.

"어서 오십시오, 전하."

대원왕이 환하게 웃었다.

"그동안 잘 지냈나, 이 백작."

대원왕은 평상시와 달리 왕비 민 씨와 동행하고 있었다. 대진은 오랫동안 운현궁을 출입했어도 왕비를 직접 본 것은 이번이 처음이었다.

대원왕이 소개했다.

"여기 이 사람은 과인의 비(妃)네. 이 백작은 처음 보지?"

"그렇습니다."

대진이 인사를 했다.

"처음 뵙겠습니다, 왕비마마. 이대진입니다."

대원왕비 민 씨가 환하게 웃었다.

"반갑습니다. 오랫동안 운현궁을 드나드셨다는 것은 알고 있었지만 이렇게 뵌 것은 처음이네요."

"예, 마마."

"지금까지 우리 전하를 많이 도와주셨다는 것을 잘 알고 있어요. 앞으로도 지금처럼 잘 부탁드립니다."

"성심을 다하겠습니다. 오는 데 고생하시지는 않았는지요?"

"열차가 생각보다 편해서 잘 왔습니다."

대원왕이 웃으면 일어났다.

"그만 내려가세."

"예, 전하."

대진이 대원왕 부부를 안내하며 하차했다. 이들 부부를 태우기 위해 왕실 전용 마차가 역구내까지 들어와 있었다.

"오르시지요."

"함께 오르세."

"예, 전하."

대진이 대원왕 부부와 함께 탑승했다. 세 사람이 마차에 오르니 곧 출발했다.

대원왕은 황제를 위해 일부러 천도할 때도 함께하지 않았다. 그랬기에 대원왕은 차창으로 연신 바깥을 살폈다.

"신도시답게 아주 깨끗하구나. 놀랍게도 도로까지 포장되어 있어. 이 바닥을 포장한 물건이 아스팔트라고 했나?"

"그렇습니다. 석유의 부산물 중 하나인 아스팔트입니다. 곧 한양도 하수관로 공사를 마친 구역부터 대대적으로 포장을 시작할 것입니다."

대원왕이 고개를 끄덕였다.

"건설부로부터 보고는 받았다. 요양 도로는 전부 아스팔트포장을 한 건가?"

"요양도 아직까지 모든 시설이 완비된 것이 아닙니다. 그래서 도로가 전부 포장된 것은 아니고 주요 도로만 포장되어 있습니다."

대원왕비가 감탄했다.

"그래도 대단하네요. 평생 흙으로 된 도로만 보아 왔는데 이런 포장은 처음입니다. 이러면 비가 와도 아무 걱정이 없겠어요."

대진이 동조했다.

"맞습니다. 도시 발전을 위해서라도 도로포장은 반드시 필요합니다."

대원왕이 확인했다.

"제국 의회에 대해서 황상에게 보고는 안했지?"

"예, 일부러 전하께서 올라오실 때까지 기다리고 있었습니다."

"잘했네."

역에서 전시장까지는 별로 멀지 않았다. 그래서 대화를 잠시 나누는 동안 목적지에 도착했다.

마차가 도착하니 대기하고 있던 직원이 정중히 문을 열었다. 대진이 먼저 내리고 대원왕 부부가 마차에서 내렸다.

대원왕이 전시장을 보고 감탄했다.

"오오! 참으로 웅장하구나. 우리 대한에서 황궁의 대연회장 이외에 이렇게 큰 건물이 있을 줄은 몰랐구나."

대한제국은 요양을 건설할 때부터 각종 전시를 위해 대형 전시장을 계획했었다. 그래서 건설한 전시장은 엄청난 크기였다.

대진이 설명했다.

"저런 건물을 지을 수 있는 것은 제철기술의 발전 덕분입니다."

"건물의 골조가 철강이라는 말이구나."

"그렇습니다. 황궁의 대연회장처럼 골조가 전부 철강입니다. 그렇게 해야 기둥이 거의 없는 실내 공간을 연출할 수가 있습니다."

마군의 산업 발전을 위해 가장 먼저 추진했던 산업이 제철소다. 그만큼 제철은 산업의 쌀로 불릴 정도로 귀중하고 기본이 되는 산업이다.

제철소 설비와 기술을 처음에는 전부 독일로부터 들여왔다. 그렇게 들여온 제철소는 지난 10여 년 동안 기술이 축적되면서 몇 번이나 증설되고 신규 제철소도 건설되었다.

그런 과정을 거치면서 제철산업은 꾸준히 성장해서 이제는 완전히 궤도에 올라 있었다. 덕분에 조선과 자동차, 건설을 비롯한 각종 산업 발전의 견인차 역할을 하고 있었다.

대원왕비도 감탄했다.

"참으로 놀랍네요. 나라가 발전하니 이렇게 웅장한 건물도 지을 수 있게 되는 거로군요."

대원왕이 고개를 끄덕였다.

"그렇지요. 나라 발전이 없었다면 언감생심 이런 건물의 건설은 꿈도 꾸지 못했을 겁니다."

대진이 권했다.

"들어가시지요, 전하."

"그렇게 하세."

대진은 대원왕 부부를 귀빈실로 안내했다. 전시장의 귀빈실에는 편안한 소파가 놓여 있었다.

"이곳에 잠시 계시면 황제 폐하 내외분께서 곧 도착하실 것입니다."

대진이 대기하고 있던 직원에게 차를 가져오게 했다. 그리고 그 차가 나오기도 전에 황제 내외가 도착했다.

황제 부부가 반갑게 인사했다.

"아버지."

"아버님, 그간 강녕하겠사옵니까?"

대원왕이 호탕하게 웃었다.

"허허허! 나야 늘 여전하지요. 두 분께서도 잘 지내셨습니까?"

"예, 저희들도 잘 지내고 있사옵니다."

"다행입니다. 우선 이리 앉으시지요."

황제 부부가 앉자 차가 나왔다.

대원왕이 안부를 물었다.

"새로운 황궁에서 지내는 데 불편하지는 않으신가요?"

황제가 고개를 저었다.

"조금도 불편하지 않습니다."

황후도 거들었다.

"각종 편의 시설이 잘되어 있사옵니다. 자금성에서 가져온 실내 장식들도 새 건물과 조화를 잘 이뤄서 보기도 좋고 사용하기도 편하옵니다."

"참으로 다행이군요."

황제가 권했다.

"신차 발표회를 마치고 소자와 함께 황궁을 둘러보시지요."

"그럽시다. 그렇지 않아도 황상께 따로 드릴 말씀도 있는데 겸사겸사 그러지요."

"하하! 잘되었습니다."

몇 개월 만의 만남이었다.

대원왕은 황제의 용안이 한양에서보다 훨씬 좋아진 것이 기꺼웠다. 그러면서 자신이 한양에 남은 결정이 최선이라는 사실을 거듭 확인했다.

대진은 네 사람이 환담을 나누는 모습이 너무도 보기가 좋았다. 그래서 미소를 지으며 지켜보고 있는데, 행사 관계자가 다가왔다.

"곧 행사가 시작됩니다."

"알겠습니다."

대진이 네 사람에게 다가갔다.

"폐하, 그리고 전하. 이제 곧 행사를 시작할 시간입니다."

황제가 바로 일어났다.

"오! 그래요? 아버지, 행사장에 들어가 봐야 할 것 같습니다. 그만 일어나시지요."

대원왕도 자리에서 일어났다.

"그럽시다."

황제에 맞춰 수행원과 경호원도 함께 대거 움직였다.

대진도 황제 내외의 뒤를 따라 행사장으로 들어갔다.

전시장에는 이미 수백 명이 들어와 있었다. 이들은 사전에 선별해 초대한 사람들로, 주한 외교관들이 수십여 명이나 되었다.

신차 발표회는 세계 최초다.

그래서 초대된 외교관들도 하나같이 지대한 관심을 갖고 있었다. 이런 외교관 중에는 러시아 공사 카를 베베르도 있었다.

베베르 공사는 늦게 부임했다. 그 바람에 대한황제의 어차에 대해서는 소문만 들었을 뿐이다.

청나라에서 오래 근무한 베베르는 증기로 만든 버스도 본적이 없었다. 그래서 이번에 발표되는 신차에 대해 누구보다 관심이 많아 가장 앞자리에 서 있었다.

"황제 폐하와 대원왕 전하께서 드십니다!"

행사 진행자가 소리쳤다.

모든 사람들이 일제히 고개를 숙였다. 이윽고 황제와 대원왕이 들어와 대기하고 있던 사람들과 악수를 나누고는 준비된 의자에 앉았다.

"모두 평신하십시오."

베베르 공사가 자세를 바로 했다.

그러자 단상에 서 있던 대진과 눈이 마주쳤다. 두 사람은 서로에게 가볍게 묵례를 하며 인사했다.

진행자가 소리쳤다.

"지금부터 신차 발표회를 시작하겠습니다! 먼저 황제 폐하에 대한 인사가 있겠습니다! 참석하신 내외 귀빈들께서는 단상을 봐 주시기 바랍니다!"

황제가 단상에 섰다.

"황제 폐하께 대하여 경례."

조금 전과 달리 참석자들은 일제히 모자를 벗고 고개를 숙였다. 군인들은 구호와 함께 거수경례를 했다.

황제가 답례했다.

"바로!"

황제가 자리로 가서 앉았다.

"지금부터 경과보고를 하겠습니다. 보고는 대한자동차의 진동만 연구소장이 하겠습니다."

진동만이 자리에서 일어났다.

그러고는 황제와 대원왕 부부에게 인사하고는 단상으로 나아갔다. 진동만은 단상 아래에 모여 있는 참석자들을 둘러보며 만감이 교차되었다.

진동만은 백령도 기관장 출신이다.

진동만은 조선에 온 처음부터 내연기관 개발에 매달렸다. 임관 이후 평생을 기관실에서 보낸 터여서 개발에 자신이 있었다.

그러나 기존에 있는 기관을 만지는 것과 새로 만드는 것은 차원이 다른 문제였다. 더구나 기반 시설이 전무한 상황에서의 개발은 난관의 연속이었다.

어쩔 수 없이 증기기관차를 들여와야 했다. 그리고 경유기관 개발보다는 상대적으로 개발이 쉬운 가솔린기관 개발에 매달렸다.

그동안 숱한 우여곡절이 있었다.

윤활유와 배터리와 타이어 등 하나하나가 난제였고 별개의 사업이었다. 다행히 제때에 철강업이 발전하였으며 초기지만 화학공업도 시작되었다.

이렇게 기반이 갖춰지면서 진동만의 노력이 10년 만에 결실을 볼 수 있었다.

진동만이 한숨을 몰아쉬었다.

5장

진동만의 보고가 시작했다.

　"우리 대한자동차가 자동차 개발을 시작한 것은 지금으로부터……."

　경과보고는 한동안 이어졌다. 영어로 번역된 덕분에 베베르 공사는 진동만의 경과보고를 어렵지 않게 이해할 수 있었다.

　'놀라운 일이구나. 아무리 신기술이라 해도 10년간 일에 매진하다니. 그뿐만이 아니라 황제는 물론이고 한양에 있는 대원왕까지 올라와서 축하를 해 주고 있어. 이토록 온 나라가 신기술 개발을 환영하는 나라가 과연 얼마나 될까?'

　이런 생각을 하면서 보고를 하는 진동만을 바라봤다. 그러던 베베르 공사는 갑자기 불안감이 엄습해 왔다.

'한국은 하루가 다르게 발전하고 있다. 더구나 황제까지 나서서 기술자를 예우하고 있어. 반면에 우리 러시아는 농업 국가에 지나지 않는다. 더구나 유럽 제국들의 견제로 새로운 기술 도입도 별로 없고 기술자를 크게 대우하지 않는다. 이 상태로 시간이 지나면…….'

베베르 공사는 자신도 모르게 몸을 떨었다. 그래서 급히 마음을 다잡으려고 고개를 돌렸다.

그 순간.

대진과 눈이 딱 마주쳤다.

베베르 공사는 섬뜩한 느낌이 들었다. 그러면서 불안감이 발바닥에서부터 스멀스멀 치밀어 올랐다.

대진은 아무 생각 없이 사람들을 둘러보고 있었다. 그러다 베베르 공사와 눈이 마주치자 그가 움찔하는 모습이 보였다.

'아니, 왜 나를 보고 저러는 거지?'

그때 갑자기 대진의 머릿속에서 어떤 생각이 번뜩였다.

'혹시 우리의 앞선 기술을 보고서 위축된 것은 아닐까? 만일 내 짐작이 맞다면 내가 생각하고 있던 작업을 시작해도 될 것 같은데…….'

이런 생각이 들자, 대진은 베베르 공사를 집중해서 쳐다봤다. 베베르 공사도 대진의 시선을 느낄 수 있었다. 이리되니 공연히 어색해졌고 베베르 공사는 애써 대진의 시선을 외면했다.

"……이상, 보고를 마치도록 하겠습니다."

진동만의 보고가 끝났다.

짝! 짝! 짝!

참석자들은 열렬히 박수를 보냈다.

이어서 진행자가 나섰다.

"다음으로 신차를 선보이도록 하겠습니다. 모든 참석자들께서는 중앙에 있는 전시대를 보시기 바랍니다."

모든 사람들의 시선이 단상 아래로 쏠렸다. 그곳에는 천에 덮인 물체가 놓여 있었다.

황제와 대원왕이 자리에서 일어났다. 그리고는 수행원이 건네주는 장갑을 끼고서 단상에 섰다. 그런 황제와 대원왕에게 천과 연결된 줄이 건네졌다.

"이제 신차를 개방하겠습니다. 폐하와 전하께서는 줄을 당겨 주십시오."

황제와 대원왕이 동시에 줄을 당겼다. 그 순간 감춰져 있던 자동차가 위풍당당한 자태를 드러냈다.

"오오!"

곳곳에 탄성이 터졌다.

자동차는 육중한 모습을 하고 있었다. 지붕도 있었으며 유리차창도 부착되어 있었다.

진동만이 전시대로 올라갔다.

아래에 있던 사람들이 일제히 전시대로 몰렸다. 진동만이 신차의 특징을 열정적으로 설명했다.

"이 차는 몇 개의 특성을 갖고 있습니다. 먼저 열쇠로 시동을 걸 수 있으며 보시는 대로 전조등이 부착되어 있어서 야간에도 운행이 가능합니다. 더불어 자동차의 바퀴는 본국에서 제작된 특수한 재질의 타이어가 ……."

참석자들 모두가 눈을 빛내며 설명을 들었다. 그러던 참석자 중 누군가가 소리쳤다.

미국공사 루시우스 푸트였다.

"전구는 본국의 에디슨이 몇 년 전에 먼저 개발한 물건입니다! 당연히 특허도 등록되어 있고요. 그런 전구를 허락도 받지 않고 부착했다는 겁니까?"

진동만이 침착하게 설명했다.

"이 전구는 에디슨의 전구와 다릅니다. 에디슨이 발명한 전구는 탄소필라멘트로 불을 밝힙니다. 그래서 쉽게 전구가 나가는 단점이 있지요. 그러나 이 전조등의 필라멘트는 우리 대한자동차가 새롭게 개발한 제품입니다. 그래서 전구의 수명이 에디슨의 전구보다 100배나 길며 밝기도 몇 배나 더 밝습니다."

참석자들이 술렁였다. 진동만이 그들을 바라보다가 손을 들어 천장을 가리켰다.

"모두 저 천장에 달린 전구를 보시지요."

참석자들이 고개를 들다가 깜짝 놀랐다.

"아니, 저건 전구가 아닌가?"

"그렇습니다. 저 전구도 우리가 새로 개발한 물건이지요. 보시는 대로 밝기도 몇 배나 밝아서 실내에서도 마치 바깥에서처럼 사물을 확인하는 데 조금도 문제가 되지 않습니다."

참석자들이 고개를 끄덕였다.

"맞아. 나는 햇빛인 줄 알았는데 전등이었네."

"그러게. 저 높은 곳에 전구가 매달려 있는데도 전혀 어둡지가 않아."

진동만이 말을 이었다.

"이처럼 이 자동차에는 100여 개의 신기술이 적용되었습니다. 적용된 신기술은 전부 세계 각국에 특허로 등록될 예정이고요."

또 한 번 장내가 술렁였다.

누군가가 소리쳤다.

"그런데 이 자동차가 제대로 움직이기는 하는 겁니까?"

진동만이 웃으며 설명했다.

"물론입니다. 잠시 후, 전시장 밖의 공터에서 사람이 직접 탑승할 수 있는 시승식이 거행될 예정입니다. 그러니 바로 돌아가지 말고 꼭 확인해 보시기 바랍니다."

다시 누군가가 소리쳤다.

"언제 제품이 나옵니까?"

"출시는 바로 됩니다."

"유럽으로의 수출도 가능합니까?"

진동만의 대답은 거침이 없었다.

"물론입니다. 우리는 자동차 개발과 동시에 양산 체제도 준비해 왔습니다. 거기다 미리 상당량의 차량도 생산해 놓은 상황입니다. 그래서 오늘의 행사가 끝나고 나면 바로 출고가 가능합니다."

"오오! 그게 정말입니까?"

"그렇습니다."

많은 질문이 터져 나왔다.

진동만은 모든 질문에 성실하고 당당하게 대답해 주었다. 그 바람에 너무 많은 시간을 잡아먹어 진행자가 양해를 구해야만 했다.

"시간이 너무 지체되어 질문은 이제 그만 받기로 하겠습니다. 발표회는 이것으로 마치고 잠시 후 전시장 밖에서 시승식을 거행하겠습니다. 그러니 관심이 있으신 참석자분들인 진행 요원의 안내를 받아 이동해 주시기 바랍니다."

당연히 모든 사람이 밖으로 나갔다. 진행자가 공손히 다가와 황제와 대원왕에게 권했다.

"폐하와 전하께서도 함께 거둥하시지요."

황제가 이동하면서 질문했다.

"짐도 시승을 해 봐도 되나?"

"물론입니다."

"하하! 다행이구나."

대진도 신차의 시승은 처음이다.

그래서 기대감을 한껏 품고 밖으로 나왔다. 밖으로 나오니 5대의 자동차가 대기해 있었다.

진행자는 우선 황제와 대원왕, 수상과 손인석 등 5명을 이들의 부인들과 함께 차례로 시승시켰다.

이들은 모두 이미 승용차를 탑승해 본 경험이 있었다.

그래서 누구보다 편안한 마음으로 승차했다. 그렇게 주요 인사를 탑승시킨 자동차가 10여 분 동안 주변을 돌아왔다.

하차한 황제는 아주 흡족해했다.

"아주 편안하구나. 이 정도면 세상 어디에 내놔도 부끄럽지 않겠어. 진동만 소장이라고 했나요?"

진동만이 고개를 숙였다.

"그러하옵니다, 폐하."

"참으로 고생 많았어요. 이 정도면 짐이 타고 다니는 어차에 비해 손색이 없겠어요. 아니, 승차감은 훨씬 더 좋은 것 같아요."

"황감하옵니다."

이어서 다른 사람들이 순서에 따라 승차했다. 그리고 세 번째로 대진도 탑승해서 한 바퀴 돌았다.

대진도 감탄했다.

"훌륭하구나. 황제 폐하께서 감탄한 것이 다 이유가 있었습니다."

"감사합니다."

내빈 시승에 이어 주한 외교사절 차례가 되었다. 대부분은 자동차를 처음 타 보는 사람들이었다.

모두가 감탄하면서 놀랐다.

이들은 안락한 승차감에 놀랐다.

의외로 실내가 정숙하다는 사실에 더 놀랐다. 공사 중 몇 사람은 한 번 더 타기를 원할 정도로 자동차에 매료되었다. 그러면서 즉석에서 자동차를 구입하려는 사람까지 나오기도 했다.

그사이 대진은 황제와 대원왕 부부를 모시고 먼저 자리를 떴다. 그러고는 황궁에 입궐해서 황제에게 제국 의회 발족에 대한 보고를 했다.

황제가 대원왕에게 확인했다.

"아버지께서는 어떻게 생각하십니까?"

"나는 괜찮다고 생각합니다. 어차피 언로는 열어 주어야 합니다. 그러나 지금의 상황에서 내각에 간관을 두는 것은 이치에 맞지 않은 일이고요."

황제도 인정했다.

"맞는 말씀입니다. 짐이 대부분의 국정을 내각에 위임했는데 거기에 간관을 둘 수는 없지요."

"그렇지요. 그리고 권한이 집중된 내각을 견제하기 위해서라도 제국 의회가 필요합니다."

황제가 잠시 고심했다.

"……알겠습니다. 아버지께서 그렇게 생각하신다면 저도 찬성하겠습니다."

대원왕이 주의를 주었다.

"신중하게 결정해야 합니다. 어떠한 법이든 출범하고 나면 바꾸는 것은 쉽지 않아요. 더구나 새로운 국가조직을 만드는 일입니다."

황제가 딱 잘랐다.

"소자도 잘 알고 있습니다. 그러니 걱정하지 않으셔도 됩니다."

황제가 대진이 가져온 서류를 들었다.

"보고서대로라면 제국 의회는 내각과 법원을 견제하는 기능을 갖습니다. 그 말은 짐을 도와주는 기관이라는 의미도 되지요. 물론 언젠가 직접선거를 통해 당선된 의원이 내각을 구성할 권한도 갖겠지요. 그러나 그 또한 짐의 용단에 따라 해산시킬 수도 있습니다. 그러니 의회는 간관과 같은 존재가 될 수 없다는 뜻이지요?"

대진이 적극 동조했다.

"맞는 말씀입니다. 폐하의 용단이라면 언제라도 내각을 해산하실 수 있습니다. 그리고 어느 내각이 감히 폐하의 뜻을 거스르는 정책을 펼치겠사옵니까?"

대원왕도 고개를 끄덕였다.

"맞는 말이야. 전임 수상이었던 홍순목 백작도 10년 가까이 황제에게 충성을 다했었다. 이번에 새로 선임된 심순택(沈舜澤) 수상도 마찬가지야. 더구나 관리들의 청렴도는 지난 10년 동안 완전히 변했지 않은가."

"그렇습니다. 감사원과 검찰, 경찰의 서슬 때문이라도 이전과 같은 비리는 거의 사라졌습니다."

대원왕이 확인했다.

"황상은 제국 의회 설립에 동의한다는 말이지요?"

황제가 대답했다.

"그렇습니다. 마군에서 나라의 장래를 위해 심도 있게 논의되어 결정한 사안입니다. 짐이 가납하지 않을 이유가 없습니다."

대진이 몸을 숙였다.

"황감하옵니다."

"아니에요. 나라가 잘되기 위해 결정한 일이니 짐이 오히려 고맙지요. 그러면 개원은 언제로 생각하고 있지요?"

"대략 10월경으로 잡고 있습니다."

"지금부터 석 달이라면 시간이 결코 많지가 않군요."

"그렇기는 합니다. 그러나 그보다 늦으면 해를 넘겨야 합니다. 해를 넘기면 땅이 굳어지는 5월까지 더 기다려야 해서 10월이 가장 적당할 것으로 분석되었습니다."

"알겠습니다. 짐도 지금부터 서둘러야겠군요. 이 백작이 짐을 도와주시지요."

대진이 난색을 보였다.

"송구하지만 저는 유럽에 다녀와야 할 일이 있습니다."

황제가 눈을 크게 떴다.

"무슨 일이 있는 것입니까?"

대진이 출장 계획을 설명했다.

설명을 들은 황제가 의아해했다.

"그렇게까지 할 필요가 있습니까?"

대진이 설명했다.

"제가 만나려는 기술자들은 자동차 제조에 대해 상당한 기술력을 갖고 있습니다. 그런 회사를 경쟁 상대로 놔두지 않고 함께하는 것이 자동차 산업의 장래를 위해 좋습니다."

"독점도 좋을 것 같은데요."

대진도 인정했다.

"독점도 상당 기간 동안은 좋은 성과를 거둘 수 있을 것입니다. 그러나 상대가 기본적인 기술력을 보유한 상황이어서 독점이 그렇게 오래가진 못할 것입니다."

황제가 고개를 끄덕였다.

"저들이 어떻게든 우리 뒤를 따른다는 말이군요."

"그렇습니다."

황제가 문제를 지적했다.

"하지만 이번에 만든 자동차는 100건이 넘은 특허를 보유하고 있다고 하지 않았나요?"

대진이 설명했다.

"그렇기는 합니다. 그러나 특허가 있다고 해서 만능은 아닙니다. 우리 특허 때문에 자동차 생산을 하지 못하게 된다면 유럽은 분명 우리 특허를 우회할 수 있는 방법을 생각해낼 것입니다."

"그렇다면 특허는 필요가 없는 거 아닙니까?"

"그렇지는 않습니다. 우리의 자동차 특허 기술을 도저히 비껴 갈 수 없다는 것이 결정되면 우리 특허를 강제로 사용하게 조치할 것입니다. 그 대신 우리에게 손해가 가지 않게 일정 수수료를 지급하도록 판결할 것이고요."

황제가 이해했다.

"아! 사용료를 지불하는 조건으로 특허 기술을 사용하게 한단 말이군요."

"예, 그렇습니다. 당분간은 방금 말씀드린 특허 활용 방식을 생각해 내지는 못할 겁니다. 그렇지만 우리 특허로 인해 계속 난관에 부딪친다면 분명 그런 식의 방법을 생각해 내게 될 것입니다. 그래야 자국의 자동차 산업을 발전시킬 수 있으니까요."

황제가 크게 고개를 끄덕였다.

"충분히 일리가 있는 생각입니다. 그런데 참 놀랍군요."

"뭐가 말씀입니까?"

"지금 같은 시점에서는 누구든 독점하려 할 겁니다. 그런데 이 백작은 독점이 아닌 합작을 생각하고 있잖아요."

"규모의경제라는 말이 있습니다. 지금의 자동차는 최고가

물품입니다. 그럴 수밖에 없는 것이 모든 부분이 새로 만든 부품이고, 개발 기간도 길어서 생산원가가 비싸기 때문이지요. 그래서 지금의 자동차는 판매도 쉽지 않을뿐더러 수익도 의외로 많이 발생하지 않습니다. 이런 문제점을 타개하기 위해서는 자동차를 최대한 많이 팔면서 생산원가를 현격하게 낮춰야 합니다. 그러기 위해서는 현지 합작이 최선이고요."

황제가 더 많이 이해했다.

"합작을 하면서 미래의 경쟁 상대를 없애려는 생각을 하고 있는 거로군요."

대진이 격하게 동의했다.

"바로 그 점이 핵심입니다. 인디언의 격언에 빨리 가려면 혼자 가고, 멀리 가려면 함께 가라는 말이 있습니다. 지금의 합작이 지금 보기에는 수익을 나누는 것 같아 보입니다. 그러나 시간이 지나 생산 대수가 늘어나면 생산원가가 현격하게 떨어지면서 수익이 폭발적으로 늘어나게 되어 있습니다."

대진의 설명을 들은 황제는 즉각 윤허했다.

"좋습니다. 그렇게 해 보십시오. 짐이 봐도 분명 좋은 결과가 있을 것 같습니다."

"반드시 좋은 결과를 얻어 오겠습니다."

자동차의 상용화는 산업 발전의 이정표나 다름없는 사건이다. 유럽에는 증기기관을 사용한 버스가 파리 주변에 운용되고 있었다.

그러나 증기 버스는 수시로 물을 보충해야 하고 속도도 느렸다. 더구나 매연을 뒤집어써야 하는 불편함도 있어서 큰 인기를 끌지 못하고 있었다.

그런데 대한자동차는 달랐다.

가장 중요한 원료는 휘발유다.

휘발유는 원유의 부산물을 정제해서 만든다. 그렇기 때문에 내연기관 자동차의 출현이 곧 석유화학공업의 발전이라고 생각해도 과언이 아니었다.

거기다 각종 부품도 있다.

자동차는 수많은 부품으로 이뤄진다.

부품들은 대부분 협력 업체로부터 공급을 받게 된다. 그런 부품 중 상당수가 소모품이어서 자동차가 많이 팔릴수록 부품 회사도 성장하게 되어 있다.

다음 날.

대한제국의 모든 신문의 1면에 신차 발표회 소식과 승용차 사진이 게재되었다. 이어서 며칠 차이로 전 세계의 신문이 대한자동차가 만든 승용차에 대한 소식으로 도배되었다.

카를 벤츠(Karl Benz)는 1844년생으로 독일 태생의 기계와 자동차 기술자다. 그는 여러 공장에서 기술을 쌓고는 1871년 직접 기계공장을 설립했다.

벤츠는 이어서 내연기관 발명에 뜻을 품고는 10여 년의 연구 끝에 2행정엔진을 개발했다. 이후 자동차 운용에 필요한 몇 가지 부품을 개발해 낸다.

그런 기술력에 힘입은 1883년, 정식으로 벤츠자동차를 설립해서는 자동차 개발에 혼신의 노력을 기울이고 있었다.

그러던 7월.

벤츠는 평상시와 마찬가지로 자동차 연구에 매진하고 있었다. 그때 그의 부인인 베르타(Bertha)가 급히 공장으로 뛰어들었다.

"여보, 큰일 났어요."

기름으로 범벅이 된 벤츠가 고개를 들었다.

"무슨 일이오?"

"이 신문 좀 보세요. 신문에 동양의 한국이란 나라에서 자동차를 발명했다고 합니다."

벤츠가 놀라 급히 신문을 넘겨받았다. 그런 신문의 전면에는 요양에서 전송된 내용과 스케치로 그려진 자동차 그림이 전면에 나와 있었다.

벤츠가 신문을 단숨에 읽었다.

"아아! 이럴 수가 있나. 우리 차의 속도는 이제 겨우 시속 10킬로미터에 불과한데 한국의 자동차는 시속 60킬로미터나

된다고 한다. 그뿐만이 아니라 우리는 세 바퀴인데 네 바퀴로 되어 있고 5명까지 태울 수가 있다니."

부인 베르타가 그림을 짚었다.

"그게 다가 아니에요. 이 그림 좀 보세요. 마차처럼 지붕도 있고 유리창문도 달려 있어요. 이건 자동차의 원형이 완전히 완성되었다는 것을 말하는 거잖아요."

"으으! 그러게 말이야."

벤츠는 낙담했다.

독일에서 자신과 비슷한 속도로 자동차를 연구하는 사람이 있다는 건 알고 있었다. 그런데 한국에서 만든 자동차는 자신이 추구하는 자동차가 몇 단계 업그레이드된 물건이 분명해 보였다.

벤츠가 그 자리에 주저앉았다.

"아아! 10년 세월이 완전히 헛수고가 되었어."

베르타가 그를 위로했다.

"그렇지 않아요. 당신은 자동차 운용에 필요한 여러 부품을 만들었잖아요. 이제 조금만 더 노력하면 훌륭한 물건을 만들 수 있을 거예요."

벤츠가 고개를 저었다.

"그렇지 않소. 신문 내용을 봐요. 5명을 태운 승용차가 수십 킬로미터로 달렸다고 했어. 더구나 우리처럼 배터리로 시동을 걸었고 브레이크도 아주 잘 듣는다고 했고. 그뿐만이 아니라 전조등까지 있어서 밤에도 운행할 수 있다고 해요. 이 모두가 내가 추구하고 있었던 것들인데 그걸 한국의 자동차가 먼저 상용화한 거야. 이런 상황에서 내가 노력을 해 봐야 무슨 소용이 있겠어? 다 틀렸어!"

주저앉아 있던 벤츠는 미친 사람처럼 한동안 독백을 했다. 그러고는 자리에서 일어나 비칠거리면서 밖으로 나갔다.

그는 바로 술집으로 달려가서는 밤새도록 술을 마셨다. 그렇게 하지 않고서는 도저히 울분을 토해 낼 방법이 없었기 때문이다.

이때부터 벤츠는 술독에 빠져 살았다.

아내인 베르타가 아무리 만류해도 단 하루도 술을 마시지 않는 날이 없었다. 자연스럽게 운영하고 있던 공장에도 소홀해지면서 가세가 급격히 기울어져 갔다.

그렇게 두 달이 흘렀다.

이날도 벤츠는 아침부터 술을 마셨다. 그런데 갑자기 아내인 베르타가 작업실로 뛰어 들어왔다.

"여보! 빨리 나와 보세요."

벤츠가 짜증을 냈다.

"왜? 무슨 일로 나를 부르는 거야!"

"당신을 찾는 사람이 왔어요. 그것도 자동차를 타고 말이에요."

벤츠는 자동차라는 말에 정신이 번쩍 들었다. 그래서 급히 일어나려다가 다리가 풀려 버렸다.

와당탕!

두 달 넘게 먹은 술 때문에 그의 체력은 말이 아니었다. 더구나 이날은 아침도 먹지 않고 술부터 마셔 댄 터여서 제대로 서 있기조차 힘들었다.

베르타가 급히 다가가 부축했다.

"저에게 기대세요."

벤츠는 비록 지금은 술에 절어 있지만 근본적으로는 아내를 사랑했다.

"미안해, 베르타."

"아니에요. 어서 저를 의지해 일어나 보세요."

벤츠가 그녀의 어깨에 팔을 걸치고는 겨우 일어났다. 그러고는 후들거리는 걸음으로 집밖으로 나왔다.

순간 9월의 햇빛이 눈부셨다.

"아!"

벤츠는 강렬한 햇빛에 눈살을 찌푸렸다. 그런 그의 눈에 집 앞에 서 있는 차가 들어왔다. 그 앞에는 연미복을 입은 몇 명의 신사가 서 있었다.

벤츠는 승용차를 보는 순간 두 눈이 찢어질 듯 커졌다. 두 달 전 신문에서 본 그림과 같은 차가 집 앞에 서 있었다.

벤츠가 소리쳤다.

"아아! 저 차로구나!"

그가 바라보는 승용차의 주변에 수십 명의 구경꾼이 서 있었다. 그러나 벤츠의 눈에는 그런 사람들은 하나도 보이지 않고 오직 차만 보였다.

그런 차의 앞에 대진이 있었다.

술병을 든 벤츠의 몰골을 본 대진은 저간의 사정을 대강 짐작할 수 있었다.

'우리 자동차가 개발되었다는 소식을 들었는가 보구나. 그래서 낙심해서 저렇게 술에 절어 있는 거야.'

대진이 동행한 네덜란드 상인에게 눈짓을 했다. 그러자 상인이 앞으로 나와서 독일어를 건넸다.

"카를 벤츠 사장 되십니까?"

"그, 그렇습니다만."

"여기 이분은 동양의 한국이란 나라에서 오신 백작님입니다. 카를 벤츠 사장을 뵙기 위해 두 달여 동안 배를 타고 유럽까지 오신 분이지요."

카를 벤츠의 눈이 커졌다.

"나를 보러 두 달여 동안 배를 타고 왔다고요?"

"정확히는 한 달 보름 만에 상해를 거쳐 암스테르담에 도착했지요. 그러고는 암스테르담의 독일공사관에 들러 독일 여행허가증을 받았고요. 그런 뒤 지금 보시는 차를 타고 암스테르담에서 뒤셀도르프와 쾰른을 거쳐 만하임까지 500여 킬로미터를 하루 반 만에 도착했습니다."

카를 벤츠의 눈이 더 커졌다.

"암스테르담에서 여기까지 자동차로 하루 반 만에 도착했다고요?"

"그렇습니다. 길이 좋지 않아서 그 정도의 시간이 걸렸지요. 만일 도로가 포장되어 있다면 천천히 달린다 해도 하루도 걸리지 않아 도착했을 겁니다."

"아아!"

대진이 슬쩍 나섰다. 그러고는 어색한 독일어로 질문했다.

"손님이 멀리서 왔는데 계속 여기에 세워 두실 겁니까?"

베르타가 깜짝 놀라 허둥댔다.

"죄송합니다. 너무 경황이 없어 결례를 범했습니다. 어서 안으로 드시지요."

"감사합니다. 그런데 우선 차부터 안으로 치워야 할 것 같은데, 자리가 있겠습니까?"

베르타가 자동차를 바라보니 그 주위로 마을 사람들이 전부 모여 있었다. 그런 상황에서 안으로 들어가면 무슨 일이 일어날지 몰랐다.

그녀가 손짓으로 한 곳을 가리켰다. 그곳은 카를 벤츠가 10년 넘게 자동차를 만들던 공장이었다.

"저 안으로 집어넣도록 하세요."

그녀의 승낙이 떨어지자 네덜란드 상인이 달려가서 문을 열었다. 대진이 차를 타고 시동을 걸자 그 모습을 본 카를 벤츠가 크게 놀랐다.

"아! 크랭크가 아닌 열쇠로 시동을 거는구나."

베르타도 평생 남편을 도와 왔다. 그랬기에 누구보다 자동차에 대해 박식했다.

"그러네요. 배터리의 전기를 이용해 시동을 거네요. 그리고 저기 자동차의 전면 양쪽에 있는 저것이 전조등인가 보네요."

"그런 것 같아."

대진이 능숙하게 운전해서 차를 창고로 집어넣었다.

차에서 내린 대진이 주변을 둘러보다가 만들다 만 차를 발견했다.

"이곳이 벤츠가 자동차를 연구하던 곳이구나."

대진이 벤츠의 차로 다가갔다. 그런데 예상과는 달리 아주 조악했다.

"이건 거의 예초기 수준의 2행정기관이구나. 이 정도 규모라면 제대로 운행하기도 어렵겠는데."

대진이 이것저것을 살펴보고 있을 때였다. 카를 벤츠가 비틀거리는 걸음으로 들어왔다.

"무엇을 보고 있는 겁니까?"

대진이 두 팔을 들고 물러섰다.

"그냥 확인을 했을 뿐입니다."

"함부로 만지지 말고 나오시오."

벤츠가 몸을 획 돌렸다.

대진은 어깨를 으쓱하고는 그의 뒤를 따랐다.

그렇게 집으로 들어선 사람들은 잠깐 침묵했다.

그런 침묵을 베르타가 깼다.

"무슨 일로 우리를 찾아온 것인가요?"

네덜란드 상인이 대진을 바라봤다.

"이분이 카를 벤츠 씨를 보고 싶다고 해서 찾아온 것입니다. 직접 보고 할 말이 있다고 해서요."

모두의 시선이 대진에게 쏠렸다.

대진이 모두의 시선을 받으며 카를 벤츠를 바라봤다. 조금 전까지 술에 취해 있던 카를 벤츠도 눈을 빛내고 있었다.

대진이 싱긋이 웃었다.

"나는 그대에게 제안을 하려고 합니다."

카를 벤츠가 침을 꿀꺽 삼켰다.

"저에게 무슨 제안을 하려는 겁니까?"

대진이 잠깐 쉬었다가 대답했다.

"우리와 자동차 합작 사업을 하시지요."

카를 벤츠는 깜짝 놀랐다.

그는 대진이 자신을 채용할 거라고 예상했다. 절망에 빠져 있던 그로서는 그것도 나쁘지 않은 제안이라고 생각하고 있었다.

그런데 아니었다.

카를 벤츠가 말을 더듬었다.

"하, 합작을 하자고요?"

"그렇습니다. 본래는 우리가 설립할 자동차 회사의 임원으로 영입하려는 생각도 했었습니다. 그러나 그보다는 일정 지분을 주고 합작을 하는 것이 좋겠다는 판단을 하게 되었지요."

카를 벤츠는 이해가 되지 않았다.

"나를 어떻게 알고 멀고 먼 동양에서 여기까지 온 겁니까? 그리고 다짜고짜 합작을 하자는 제안은 또 뭡니까? 대체 뭐를 믿고 나와 합작을 하겠다는 건지 도무지 모르겠군요."

대진이 나섰다.

"먼저 나에 대해 정확히 소개하겠습니다. 나는 동양에 있는 대한이란 나라의 백작으로, 이름은 이대진이라고 합니다. 그리고 황실특별보좌관과 대한무역의 대표로 재임하고 있지요."

대진이 벤츠를 바라봤다.

"우리는 그대가 오래전부터 자동차를 만들어 오고 있다는 사실을 잘 알고 있습니다."

베르타가 나섰다.

"이곳 만하임에는 동양인이 온 적이 한 번도 없습니다. 그런데 어떻게 우리가 자동차를 개발하고 있다는 사실을 아는 건가요?"

대진이 바로 대답했다.

"아! 그건 간단합니다. 이곳은 우리가 직접 와서 알게 된 것이 아니라 여기 있는 네덜란드 상인을 통해 알게 된 것입니다."

베르타가 네덜란드 상인을 바라봤다.

네덜란드 상인이 설명했다.

"우리 회사와 한국의 대한무역은 청나라의 상해를 통해 10년 넘게 거래를 해 왔습니다. 거래를 하던 중에 그대와 같은 자동차 개발자를 수소문해 달라는 부탁을 받았지요. 그래서 우리는 그대들을 찾게 되었지요. 그런데 카를 벤츠 사장이 자동차를 개발하고 있다는 소문이 워낙 자자해서 쉽게 찾을 수 있었던 것이고요."

"그랬군요. 그런데 왜 우리를 그렇게 찾으려고 했던 겁니까?"

대진이 설명했다.

"우리도 그쯤부터 자동차를 개발했었지요. 그래서 그대들이 먼저 개발을 완료하면 합작을 제안하려고 했었지요. 그러다 우리가 먼저 자동차를 완성했기에 이렇게 찾아오게 된 것입니다."

카를 벤츠가 반문했다.

"우리를 꼭 찾아올 필요가 있었습니까? 몇 사람의 기술자가 자동차를 개발하고 있는 것으로 아는데요."

대진이 인정했다.

"예, 맞습니다. 고틀리프 다임러(Gottlieb Daimler)라는 사람도 자동차를 개발하고 있더군요. 우리가 파악한 바로는 그 사람도 그대와 기술력이 거의 비슷했습니다. 2행정내연기관을 만든 것도 마찬가지고요."

"그 사람과도 합작을 하실 겁니까?"

대진이 고개를 저었다.

"그렇지 않습니다. 우리는 한 사람의 기술자만이 필요합니다. 그래서 독일에서 한 사람과 합작해서 회사를 설립하려는 것이고요."

베르타가 핵심을 짚었다.

"우리가 거절하면 그 기술자와 합작을 하겠군요."

대진은 부인하지 않았다.

"그렇습니다. 우리는 자동차 부품을 규격화했기 때문에 누구와 합작해도 됩니다."

베르타의 눈이 커졌다.

"부품을 규격화했다고요?"

"그렇습니다. 자동차가 산업화되기 위해서는 중요한 부품은 전부 규격화되어야 합니다. 그래야 누구라도 방법만 익히면 쉽게 제품을 조립할 수 있지요. 그러나 카를 벤츠 사장께서는 아직 개발에 역점을 두고 있어서 산업화는 생각지도 못하고 있을 겁니다."

카를 벤츠의 얼굴이 붉어졌다.

"솔직히 그렇습니다. 그런데 그렇게 모든 조건을 갖춘 상황에서 왜 나와 합작하려는 겁니까?"

대진이 설명했다.

"첫 번째는 신용도입니다. 우리가 만든 자동차가 아무리 우수한 성능을 갖고 있다고 해도 동양에서 만들었다는 선입견이 있습니다. 그런 선입견은 자칫 판매에 지장을 줄 우려가 있습니다."

"충분히 일리가 있는 말씀입니다. 저도 우리보다 기술이 열악한 동양에서 자동차를 만들었다는 소식을 듣고 깜짝 놀랐으니까요."

"그랬을 겁니다. 그리고 완제품을 싣고 오려면 새로운 형태의 선박을 건조해야 합니다. 그러지 않고 기존의 선박으로 싣고 오려면 많은 양을 선적하지 못해서 물류비가 대폭 늘어나게 됩니다."

카를 벤츠가 격하게 동조했다.

"맞습니다. 물류비가 많으면 문제가 되기는 하지요. 그렇다면 부품을 가져와 이곳에서 조립생산을 하겠다는 거로군요."

"그렇습니다."

대진이 자동차의 규격화에 대해 설명했다. 그 말을 들은 카를 벤츠가 크게 놀랐다.

"대단하군요. 그 정도로 자동차 부품의 규격화가 되었을 줄 몰랐네요. 그렇다면 더더욱 구태여 제가 아니어도 되지 않겠습니까?"

대진이 고개를 저었다. 그러고는 반문했다.

"그렇지 않습니다. 합작하는 회사의 관리를 맡는 사람은 누구보다 자동차 기술에 밝아야 합니다. 우리는 독일과 본국에 기술 연구소를 개설할 예정입니다. 그래서 지속적으로 기술 개발에 많은 투자를 할 것이고요. 그런 일을 맡을 적임자가 누구겠습니까?"

카를 벤츠는 절로 고개가 끄덕여졌다.

"그렇군요. 내가 아니면 다임러 씨가 적격이겠습니다."

"그렇습니다. 지금 내가 타고 온 자동차는 고가일 수밖에 없습니다. 그 이유를 벤츠 씨는 알고 있겠지요?"

"당연히 잘 알고 있지요."

"고가의 자동차는 폭발적인 판매로 이어질 수가 없습니다. 우리 대한자동차는 지금부터 모든 역량을 집중해 자동차의 양산 체제 구축과 다양한 차종을 개발해 나갈 겁니다. 그래서 적어도 다음 세기 초에는 누구나 쉽게 차를 구입할 수 있도록 만들 것입니다."

카를 벤츠는 충격을 받았다.

"누구나 쉽게 차를 구입하게 한다고요?"

"그렇습니다. 그뿐만이 아니라 고가의 차도 지속적으로 개발해 품위를 중시하는 귀족이나 대부호를 대상으로 한 차도 만들 것이고요."

베르타가 눈을 빛냈다.

"다양한 차종을 생산한다는 겁니까?"

"그렇습니다. 앞으로 경제가 발전하면 월급 소득자가 대폭 늘어나게 되지요. 그렇게 되면 부유층과 빈곤층 사이에 중산층이 생깁니다. 양산되는 자동차는 그런 중산층을 대상으로 판매할 것입니다."

카를 벤츠가 의구심을 가졌다.

"그게 가능하겠습니까? 자동차를 아무리 양산한다고 해도 기본적인 가격이 떨어지는 것은 아닙니다."

대진이 자신했다.

"충분히 가능합니다. 독일은 유럽의 중심이지요. 그래서 이곳에서 자동차를 만들면 유럽 각국으로의 수출이 비교적 용이합니다. 더구나 통일이 되었다고 해도 독일 각지에는 수많은 명문 가문이 산재해 있는 것으로 압니다. 그런 가문들이 보유한 자동차는 부의 상징으로 인식될 것입니다."

카를 벤츠도 인정했다.

"맞습니다. 독일에는 귀족 가문이 상당히 많지요. 그리고 유럽 각지의 귀족들만 상대해도 상당한 대수를 판매할 수 있을 것입니다."

"그렇게 팔려 나간 고급 자동차는 상당한 전시효과를 거두지 않겠습니까?"

"그건 그렇습니다."

"지금의 유럽은 각종 산업이 급속도로 발전하며 자본가가 양산되고 있는 상황입니다. 그들도 고급 자동차를 구매하게 될 것입니다. 그런 식으로 고급 자동차가 보급되면 자동차의 수요 욕구는 급증하게 되어 있습니다."

대진이 앞으로의 상황을 낙관적으로 풀어 갔다. 처음에는 부정적이던 카를 벤츠도 차츰 대진의 설명에 감화되어 갔다.

"그렇게만 된다면 더 바랄 게 없지요."

"충분히 가능한 일입니다. 아니, 가능하도록 만들어 나가야 하지요."

카를 벤츠가 동의했다.

"맞습니다. 그렇게 되도록 만들어야지요."

대진이 카를 벤츠를 바라봤다.

"어떻게, 이제 우리와 손잡고 사업할 결심이 들었습니까?"

카를 벤츠가 베르타를 바라봤다. 그러자 그녀가 주저 없이 고개를 끄덕였다.

"예, 함께하고 싶습니다."

"현명한 결정을 하셨습니다."

이때부터 협상이 시작되었다.

대한자동차가 기술과 자본을 투자하고, 카를 벤츠가 인력을 대는 상황이었다. 그러다 보니 합작 비율은 당연히 대한자동차가 압도적으로 많았다.

그럼에도 카를 벤츠는 조금도 불만을 갖지 않았다. 그것은 대진의 이 말 한마디 때문이었다.

"회사 이름은 벤츠자동차로 하겠습니다."

카를 벤츠가 깜짝 놀랐다.

"예? 회사 이름을 벤츠로 하자고요?"

"그렇습니다. 벤츠자동차는 유럽 지역을 담당하게 될 것입니다. 그 나머지는 대한자동차가 직접 관장할 것입니다."

벤츠는 두말하지 않았다.

"감사합니다. 저를 이렇게까지 신경을 써 주실 줄은 몰랐습니다."

"아닙니다. 유럽에서 생산만 한다고 해서 소비자의 심리를 부추길 수는 없습니다. 어차피 유럽에 맞는 이름을 지을 거라면 벤츠 사장의 이름을 앞세우는 것이 좋지요."

카를 벤츠는 거듭해서 고마워했다. 그러던 그가 제안했다.

"다임러 씨도 합류시키는 것은 어떻게 생각하십니까?"

생각지도 않은 제안이었다. 대진이 의아한 표정으로 물었다.

"그럴 필요가 있겠습니까?"

"백작님께서 말씀하시길, 그 사람도 저와 비슷한 기술력을 보유하고 있다고 했습니다. 그렇다면 시기가 문제일 뿐 곧 자동차를 상용화하지 않겠습니까? 그렇다고 자동차의 성능은 우리와 비교할 수 없겠지만요."

"그렇겠지요."

"만일 다임러가 차를 만든다면 분명 우리보다 품질이 떨어질 것입니다. 가격도 당연히 큰 차이가 날 것이고요. 하지만 저렴하기에 그 자체로 새로운 시장을 형성하지 않겠습니까?"

대진도 인정했다.

"그럴 가능성도 없지는 않겠지요."

"그런 일을 사전에 차단하기 위해서라도 그를 합류시켰으면 합니다. 그래서 저와 함께 기술 개발에 매진한다면 저가의 승용차를 쉽게 만들어 낼 수 있지 않겠습니까?"

대진이 반문했다.

"그를 설득할 수 있겠습니까?"

카를 벤츠가 싱긋이 웃었다.

"백작님이 타고 온 차만 있으면 별로 어렵지 않을 것입니다. 솔직히 저도 저 차를 보고 아주 낙심했으니까요."

대진이 즉석에서 승낙했다.

"좋습니다. 그렇게 하시지요."

"감사합니다. 반드시 그 사람을 합류시켜서 장차 발생할 수 있는 경쟁을 아예 없애 버리겠습니다."

대진이 크게 웃었다.

"하하하! 그렇게만 된다면 더 바랄 게 없지요."

대진이 카를 벤츠를 영입한 이유 중 하나가 경쟁 상대를 사전에 제거하기 위함이었다. 그런데 그 말을 카를 벤츠로부터 들으니 절로 웃음이 터졌다.

6장

합작은 일사천리로 진행되었다.

조정할 내용이 꽤 많아서 협상은 이틀에 걸쳐 진행되었다. 그렇게 합의된 내용은 변호사를 불러 각각 서명하고는 공증까지 받았다.

대진이 손을 내밀었다.

"앞으로 잘 부탁합니다. 다임러 씨의 영입도 꼭 성사시켜 보시고요."

벤츠가 자신했다.

"염려하지 마십시오. 백작님이 암스테르담에 계시는 동안 반드시 낭보를 전해 드리도록 하겠습니다."

대진이 사정을 설명했다.

"귀국 일자까지 꽤 많은 시간이 남아 있습니다. 그래서 파리에 잠깐 들렀다 오려고 합니다."

"아! 그렇습니까?"

"예, 그러니 일의 결과는 전신으로 본국의 네덜란드 공사관에 알려 주시기 바랍니다."

"알겠습니다."

대진이 네덜란드 상인을 가리켰다.

"앞으로 우리와의 일은 이분의 회사가 전담할 것입니다. 그러니 필요한 일이 있으면 언제라도 암스테르담의 무역상사를 찾도록 하세요."

"알겠습니다."

대진은 베르타에게도 당부했다.

"부인, 사업을 본격적으로 시작하면 생각지도 않은 일이 발생할 수도 있습니다. 그러한 때가 되면 지금처럼 벤츠 사장을 잘 도와주시기 바랍니다."

"걱정하지 마세요. 어떠한 일이 있더라도 사업이 성공하도록 돕겠습니다."

"부탁드립니다. 그리고 운전은 하실 수 있겠습니까?"

카를 벤츠가 장담했다.

"가능할 것 같습니다."

"나가시지요. 당장 운전부터 가르쳐 드리겠습니다."

"감사합니다."

대진은 카를 벤츠와 공장으로 갔다.

그러고는 시동을 거는 것부터 시작해서 하나씩 가르쳐 주었다. 카를 벤츠는 10년 넘게 자동차를 개발한 터라 어렵지 않게 운전을 익힐 수가 있었다.

대진이 주의를 주었다.

"과속에 주의해야 합니다. 잘못하면 큰 사고를 유발할 수 있으니 반드시 안전운행 해야 합니다."

"알겠습니다. 그런데 이 차의 내부를 살펴봐도 되겠습니까?"

대진이 선선히 승낙했다.

"그렇게 하세요. 단, 기관 내부는 당분간 분해하지 마세요. 지금 상황에서 분해하면 윤활유를 보충하기가 어렵습니다. 그렇게 되면 차를 운행할 수 없게 되고요. 그러니 내부는 내가 돌아가서 기술자와 다른 차를 보내면 그 사람과 함께 분해해서 살피도록 하세요."

그 말에 카를 벤츠가 반색했다.

"알겠습니다."

대진은 벤츠를 차에 태워 암스테르담으로 귀환했다. 그 와중에도 벤츠가 운전이 숙달될 수 있도록 수시로 운전대를 넘겨주는 것을 잊지 않았다.

덕분에 암스테르담에 도착할 즈음에는 벤츠도 충분히 혼자 운전할 수 있게 되었다. 벤츠는 대진을 암스테르담의 공사관에 내려놓고서 돌아갔다.

    대진은 암스테르담에 도착했을 때 공사관에서 하루를 머물렀었다. 그래서 이미 대진의 얼굴을 알고 있었던 해병대 초급무관은, 공사관 정문으로 다가오는 대진을 먼저 알아보고 문을 열어 주었다.

    "충성! 어서 오십시오, 백작님."

    대진도 웃으며 답례했다.

    "충성! 별일 없지요?"

    "예, 그렇습니다."

    "공사님은 안에 계신가요?"

    "그렇습니다. 들어가시지요."

    "고맙습니다."

    암스테르담의 대한제국 공사관은 지어진 지 얼마 안 되는 신축건물이었다. 본관은 2층으로 되어 있었으며 바로 옆에 숙소 건물도 지어져 있었다.

    대진은 마당을 가로질러 본관으로 갔다. 대기하고 있던 경비병이 경례하고 문을 열어 주었다.

    대진은 2층 집무실로 올라갔다.

    똑똑!

    "들어오세요."

    문을 열고 들어가니 네덜란드 주재 공사가 반갑게 맞았다.

    "어서 오십시오, 이 백작."

    "다녀왔습니다, 공사님."

두 사람은 반갑게 악수를 나눴다.

네덜란드 주재 공사는 황족으로, 남작이었다. 나이가 50대인 그는 대진에게 깍듯이 존대를 했다.

"가신 일은 잘되셨습니까?"

대진이 서류가방을 들어 보였다.

"예, 다행히 성공적으로 목적을 완수했습니다."

"오! 그거 참으로 잘되었군요."

공사가 책상 위의 벨을 쳤다.

땡!

그러자 네덜란드인 하녀가 안으로 들어왔다. 공사는 독일어로 능숙하게 주문을 했다.

"홍차를 가져다주게."

"예, 공사님."

잠시 후, 하녀가 들어왔다. 그녀는 홍차와 각설탕을 가져와 탁자에 올려놓고 돌아갔다.

"드세요, 이 백작."

"감사합니다."

대진이 각설탕을 홍차에 넣고 저었다.

"음! 풍미가 좋군요."

"그렇지요? 저도 홍차는 여기 와서 마시기 시작했는데 맛이 상당히 좋더군요. 그래서 요즘은 하루에도 몇 잔씩 마시곤 한답니다."

두 사람은 잠시 한담을 나눴다.

그러다 네덜란드 공사가 먼저 질문했다.

"귀국 일정이 어떻게 됩니까?"

"암스테르담에서 상해를 오가는 무역선은 열흘 후에 출발하기로 되어 있습니다. 그래서 그동안 파리에 다녀왔으면 합니다."

공사가 놀랐다.

"파리에 무슨 일이 있는 것입니까?"

대진이 확인했다.

"서양미술품을 수집해서 미술관을 만들려는 본국의 계획을 알고 계시는지요?"

"물론입니다. 부임하기 전에 본국에서 그런 계획이 있다는 말을 들었습니다. 그래서 저도 수시로 화랑에 가서 그림을 익히고 있는 중입니다."

"그러시군요. 직접 보시니 서양 그림이 우리의 그림과는 많이 다르지요?"

네덜란드 공사가 동의했다.

"물론입니다. 우리 그림은 여백의 미를 중시하는데 여기는 그게 전혀 없습니다. 화면 전체에 색을 입혀서 우리처럼 수묵화의 기법은 전혀 찾아볼 수가 없더군요."

"그렇군요. 화랑이 많습니까?"

"이름난 화랑이 대여섯 곳쯤 됩니다. 작은 곳까지 합하면 훨씬 더 많고요."

네덜란드는 파리에 이은 유럽 미술의 중심지다. 그런 암스테르담에는 많은 화랑이 있었으며 다양한 화가들의 그림이 전시되어 있었다.

대진이 놀랐다.

"그렇게나 많습니까?"

"저도 깜짝 놀랐습니다. 그런데 놀랍게도 일본의 풍속 판화가 서양 화가의 화풍에 상당한 영향을 끼쳤다고 하더군요."

"아! 그렇습니까?"

"소문으로는 일본에서 수출된 도자기의 포장지를 싼 종이가 기원이 되었다고 하더군요. 그것을 본 서양 화가들이 본격적으로 일본 그림을 구매하기 시작하면서 퍼지기 시작했고요."

"의외로군요. 일본 사람보다 일본 그림이 서양에 먼저 알려졌다는 말이군요."

"그러게 말입니다. 어쨌든 수시로 화랑을 드나들면서 보고 익히는 중입니다."

"예, 그렇군요. 화랑을 다니면서 가격대도 알아보시고 있겠군요."

"그렇습니다만 그림 가격이 천차만별이더군요. 이름난 화가는 상당히 비싸지만 그렇지 않은 화가는 유화물감값도 못 건질 정도로 싸더군요. 제 눈에는 아직 그 그림이 그 그림 같기만 한데 말입니다."

대진이 웃었다.

"하하! 아직은 생경해서 그럴 것입니다."

공사도 인정했다.

"그렇기는 합니다. 그래서, 파리는 언제 가 보시려고요?"

"내일 일찍 출발하려고 합니다. 그런데 여기서 파리까지 얼마나 걸립니까?"

"암스테르담에서 파리까지는 길이 잘 닦여 있습니다. 그래서 저도 한번 다녀왔는데 이틀 반나절이면 도착할 수 있습니다."

"그렇습니까?"

"내일 우리 공사관의 마차와 지리를 잘 아는 통역관을 동행시켜 드리겠습니다. 그와 함께하면 여정이 힘들지 않을 겁니다."

"감사합니다."

다음 날.

대진은 일찍 네덜란드 공사관을 출발했다. 그리고 사흘째 되는 날 오후, 파리에 도착할 수 있었다.

파리공사관은 콩코르드광장과 샹젤리제 거리 중간에 있었다.

대한제국은 모든 지역의 공사관을 신축하는 것을 기본으로 했다. 그러나 파리는 도시정책상 신축이 어려웠다. 그래서 기존의 건물을 매입해서 사용하고 있었다.

대진을 본 프랑스공사가 깜짝 놀랐다.

"아니! 이게 누구야? 이 백작 아니야?"

프랑스는 영국, 독일과 더불어 당대 최강국의 하나였다. 그래서 대한제국은 영국과 프랑스 그리고 장차 최강대국이 될 미국의 공사는 마군 출신들을 임명해 놓고 있었다.

프랑스공사는 이기운이었다.

이기운은 제7기동함대 부사령관 출신이다. 그는 수군총사령관을 역임했으며 북벌 당시 부사령관으로 손인석을 지근에서 보좌했다.

본래 손인석은 자신의 후임으로 그를 염두에 두고 있었다. 하지만 이기운은 북벌이 끝난 뒤 백작이 봉작되면서 군에서 전역하고 싶어 했다.

그러나 이기운의 경력을 그대로 사장되는 것은 너무도 아까웠다. 그래서 그를 설득해 전역과 함께 프랑스공사로 임명했다.

이기운도 이런 조치에 만족했다.

그 자신도 아직은 몇 년 정도 더 국가를 위해 봉직해야 한다는 생각을 갖고 있었다. 더구나 프랑스는 유럽의 중심으로 공사의 역할이 더없이 중요했기 때문에 그보다 적임은 없었다.

대진이 환하게 웃으며 경례했다.

"충성. 오랜만에 뵙습니다, 백작님."

이기운이 크게 웃었다.

"하하하! 나는 이제 민간인이야. 그런 나에게 군례는 어울리지 않아."

"그래도 저에게는 언제나 상관이십니다."

이기운도 웃으며 답례했다.

"충성. 고마워. 그런데 이게 어떻게 된 일이야?"

"독일에 일이 있어서 네덜란드 무역선을 타고 암스테르담에 왔습니다."

대진이 그동안의 일정을 설명했다.

이기운이 반색했다.

"잘되었구나. 그러면 며칠은 시간이 있겠어?"

"아쉽지만 모레에는 돌아가야 합니다."

"아! 그래?"

"예, 공사님."

이기운의 얼굴에 아쉬움이 역력했다.

"모처럼 왔는데 푹 쉬다 가지 그래."

대진이 미안해했다.

"죄송하지만 시간이 없습니다. 이번 배를 놓치면 한 달을 더 기다려야 합니다."

이기운이 한숨을 내쉬었다.

"후! 어쩔 수 없지."

"지내시는 것은 어떻습니까?"

"뭐, 나쁘지 않아."

"인종차별이 많지 않나요?"

"전혀 없다고는 볼 수 없지. 그렇다고 정복을 입고 있는 나에게 대놓고 차별을 하는 사람은 없어. 더구나 프랑스는 유럽에서 노예 폐지를 가장 먼저 한 나라잖아."

"다른 나라보다는 덜하다는 말씀이군요."

"맞아. 우리 공사관의 직원 중에서 직접 경험한 사람은 없어. 그러나 영국의 경우는 몇 번이나 그런 경험을 했다더라고."

"그나마 다행이군요."

"그런데 파리는 어인 일인가?"

"부임하시기 전에 말씀드렸던 미술품 수집이 어떻게 되었는지 궁금해서요."

이기운의 얼굴이 환해졌다.

"그렇지 않아도 요즘 들어 그 일에 전력을 투자하고 있다네."

"아! 그렇습니까?"

"그래, 그래서 폴 고갱을 비롯해 마네, 모네, 피사로, 쉬라 등의 작가들의 그림을 수집하고 있다네. 내가 그들의 그림을 꾸준히 매입하는 바람에 인상파와 후기인상파 작가의 그림 값이 꽤 올랐지."

"빈센트 반 고흐의 그림은요?"

"아니, 몇 점 구입하기는 했지. 하지만 아직은 본격적인 수집을 하지 않고 있다네."

"아! 그렇습니까?"

"그래, 기록에 따르면 그가 예술혼을 불태우는 시기는 지금으로부터 몇 년 후야. 그래서 공연히 우리가 간여해서 잘못될 것 같아서 일부러 거리를 두고 있지."

"자칫 우리의 개입으로 역사가 뒤바뀔 것을 우려한 것이군요."

"그래, 그렇게 되면 위대한 예술가를 잃을 수도 있잖아. 그 대신 사람을 시켜 그의 동생과는 꾸준히 접촉하고 있다네."

"지금까지 얼마나 구입하셨습니까?"

"대놓고 수집하진 않아서 아직은 많지 않아. 지금까지 200점 정도야."

"생각보다 많지는 않군요."

"당연하지. 우리가 너무 노골적으로 달려들면 가격이 뛸 게 분명하잖아. 그래서 대리인을 몇 명 내세워서 조심스럽게 매집하고 있는 중이야."

대진이 고개를 끄덕였다.

"괜찮은 방법이네요. 그런데 다른 사람들도 그림 수집을 많이 하지 않습니까?"

"당연히 많이 하고 있지. 그래서 유명한 화가의 작품을 구입한 사람에게는 따로 사람을 붙여 재매입을 하고 있다네."

"최대한 많이 수집해 주십시오."

이기운의 목소리가 높아졌다.

"걱정하지 마. 이 시대에서 가장 중요한 화가는 빈센트 반

고흐야. 그의 그림만큼은 그의 동생을 시켜 모조리 구입하려 하고 있어. 그의 예술혼이 가장 꽃피웠던 죽기 직전에 말이야. 그렇게 되면 갑작스럽게 자살하지 않을 수도 있을 거야."

"그랬으면 좋겠습니다. 하지만 자살하려는 사람을 막을 수는 없을 겁니다."

"그렇기는 하겠지만 시도는 해 봐야지. 너무 일찍 자살로 생을 마감하게 둘 수는 없잖아."

"그 점은 알아서 하십시오."

이기운이 일어났다.

"자! 이틀밖에 시간이 없다고 하니. 그동안이라도 화랑을 둘러보도록 하자."

"그러게 하겠습니다. 기왕 둘러보는 김에 값만 적당하다면 제가 직접 그림도 구입하겠습니다. 동양에서 온 사람이 그림을 볼 줄도 모르면서 구입하는 척하면서 말입니다."

이기운이 크게 웃었다.

"하하하! 그거 아주 좋은 생각이다. 그렇게 하면 의외로 쉽게 그림을 구입할 수 있겠네."

대진은 이날부터 이기운의 안내로 파리의 화랑을 샅샅이 둘러봤다. 그러면서 이틀 동안 200여 점의 그림을 대거 구입했다.

그도 그럴 것이, 대진이 그림을 살피면서 동양에서 온 졸부 흉내를 냈기 때문이다. 그러면서 작품 설명도 거의 듣지도 않고 대충대충 그림을 찍어서 구매했다.

그런 대진의 행동에 화랑 주인들은 창고에 보관되어 있는 그림까지 꺼내서 매입을 권했다. 그리고 그때마다 대진은 거의 고민도 하지 않고 무차별 구매를 했다.

화랑 주인들에게 이런 대진은 재신(財神)이나 마찬가지였다. 그래서 더 많은 그림을 권했고, 그런 권유를 대진은 흔쾌히 받아들였다.

그러나 그들은 몰랐다.

대진이 철저하게 계산해 가며 행동하고 있다는 사실을.

대진은 그림의 가치를 잘 모른다. 그래서 자신이 아는 작가의 이름을 무조건 우선해서 아는 작가의 이름만 보이면 거의 무차별적으로 매입했다.

하지만 그런 행동이 화랑 주인들의 눈에는 그림의 가치도 모르는 동양의 졸부로 비쳤다.

그리고 대진이 이렇게 해도 될 만큼 인상파나 후기인상파 작가의 그림 시세가 낮았다.

물론 일부 작가는 높기는 했으나 그런 작가의 그림은 인기가 있는 탓에 그림이 별로 많지가 않았다.

그렇게 잠시 재신이 되었던 대진은 이기운의 열렬한 환송을 받으며 돌아왔다. 대진이 암스테르담으로 돌아온 다음 날, 카를 벤츠로부터 짧은 문장의 전보가 도착했다.

대진은 아주 만족했다.

그 모습을 본 네덜란드 공사가 웃었다.

"일이 잘되었나 봅니다."

"예, 마지막 남은 일이 성공적으로 마무리되었습니다."

"다행입니다."

"공사님께 부탁을 드릴 말씀이 있습니다."

"제가 도와드릴 일이 있습니까?"

"그렇습니다. 이제부터 네덜란드 화랑에 전시된 그림들을 본격적으로 구매해 주십시오. 구매해야 할 작가들의 이름은 알고 계시지요?"

"예, 그렇습니다. 그런데 얼마 정도를 구매하면 되겠습니까?"

"네덜란드에 거주하는 작가들의 그림이나 화랑에 전시된 그림은 전부 매입해 주십시오."

대진의 말에 공사가 놀랐다.

"전부라고요?"

"그렇습니다. 전부입니다. 매입 자금은 대한무역에서 지급해 드릴 것입니다. 그러니 가격은 신경 쓰지 말고 부르는 대로 구입해 주십시오."

"비싸도 말입니까?"

"너무 비싸면 곤란하겠지만 적당히 웃돈을 주어서라도 구매하십시오."

"그림을 구매하려면 여기보다 파리가 더 좋지 않겠습니까?"

"파리에는 이미 매입을 시작하고 있었습니다. 그리고 제가 도착해서 프랑스공사님께 당부 말씀을 드려 놓았고요. 그러니 네덜란드에서도 지속적으로 매입해 주셔야 합니다."

"우리가 무차별로 그림을 매입하면 가격이 폭등하지 않겠습니까?"

대진이 웃었다.

"하하! 너무 티를 내면 당연히 그렇게 되겠지요. 그러니 공사님께서 적절히 조절해 가면서 매입해 주십시오."

"알겠습니다."

이틀 후.

대진은 예정대로 무역선에 탑승했다.

대진이 귀환하는 사이, 10월 10일 제국 의회가 개원을 했다. 간선으로 선출된 의원의 숫자는 모두 300여 명이었다.

가장 나이가 많은 사람이 임시 의장이 되었다. 개회식은 국민의례와 함께 실시되었다.

"전체 차려!"

"국기에 대하여 경례!"

이어서 의장선거가 있었다. 몇 명의 후보가 나왔으며, 압도적으로 마군 출신이 의장에 당선되었다.

제국 의회가 개원되고 가장 먼저 한 일이 헌법을 비롯한 각종 법률의 제정이었다.

마군이 조선에 온 이후 법령은 전부 새롭게 개정되었다.

그렇게 개정되었던 법률이 이번에 정식으로 제정된 것이다. 아울러 헌법까지 제정되면서 대한제국의 법체계가 완비되었다.

10월 하순.

제국 의회가 한창 열리고 있을 때 대진이 상해를 거쳐 영구에 도착했다. 영구에서 기차를 타고 요양으로 들어온 대진은 바로 입궁했다.

황제가 환대했다.

"어서 오세요, 이 백작."

"폐하, 그간 강녕하셨습니까?"

"짐은 잘 지냈습니다. 어떻게, 일은 잘되었습니까?"

대진이 간략하게 보고했다.

황제가 대단히 만족했다.

"아주 잘되었군요. 그러면 바로 현지 자동차 공장 건설에 착수합니까?"

"그렇습니다. 동업자인 카를 벤츠가 소유한 공장의 부지가 상당히 넓었습니다. 그래서 우선은 그 부지에다 조립공장을 건설하는 것으로 협의를 마쳐 두었습니다."

"잘되었군요. 기왕 시작한 일, 꼭 유종의 미를 거두도록 해 보세요."

"최고의 결과를 얻도록 노력하겠습니다."

"기대하겠습니다. 제국 의회가 개원된 것은 아시지요?"

"예, 그렇습니다."

"이 특보도 의원이니 바로 참석해야겠네요."

"그렇지 않아도 내일 의장께 귀국 보고를 한 뒤에 참석하려고 합니다."

"의회가 개원되고 여러 일이 많이 진행되었어요. 헌법과 각종 법률도 제정되었지요. 내각에서 올린 각종 법률안도 의결을 하고 있고요."

"처음이어서 정신들이 없을 것입니다."

"맞아요. 이 특보도 참석하면 좋은 경험을 하게 될 거예요."

"저도 기대를 많이 하고 있습니다."

대진은 한동안 유럽을 여행하면서 겪었던 일을 보고했다. 황제는 너무도 흥미진진하게 대진의 설명을 들었다.

황제가 탄식했다.

"아아! 말만 들어도 꿈만 같군요. 기회가 되면 짐도 꼭 한번 유럽을 둘러보고 싶네요."

"해상으로는 거리가 너무 멉니다. 위험하기도 하고요."

"그렇다고 육로로 갈 수는 없지 않겠습니까?"

"지금 당장은 없습니다. 하지만 철도가 개통된다면 불가능한 일도 아닙니다."

황제가 큰 관심을 보였다.

"여기서 유럽까지 엄청난 거리인데 철도를 연결한다고요?"

"2년 내로 서북쪽의 끝인 만저우리까지 철도가 연결됩니다. 그리고 우리는 청국으로부터 몽골종단철도 부설권도 얻었고요. 몽골을 종단하게 되면 러시아의 모스크바까지 절반이 연결됩니다. 거기서부터는 철도부설도 어렵지가 않고요."

대진은 황제 집무실 전면의 세계 전도로 다가갔다. 그러고는 지휘봉을 들고 설명을 했다.

"철도는 이렇게 중앙아시아 초원을 관통하는 남부 노선과 시베리아를 관통하는 북부 노선이 있습니다. 이 두 노선 중 남부 노선은 철도부설이 별로 어렵지가 않습니다. 그러나 제가 러시아의 지도자라면 북부 노선을 택할 것입니다."

황제도 동의했다.

"기왕이면 시베리아를 통과하는 것이 좋겠지요. 그래야 시베리아의 개발이 촉진될 터이니까요."

"그렇습니다. 저희가 만저우리까지 철도를 부설한다면 러시아는 분명 대륙종단철도에 큰 관심을 보일 것입니다. 아울러 우리와의 협상도 시도하려 할 것이고요."

황제가 맥을 짚었다.

"그런데 문제는 러시아가 우리 고토를 강점하고 있는 상황 아닙니까?"

"예, 그게 변수입니다. 본국이 발전할수록 러시아도 부담을 느끼지 않을 수가 없을 것입니다. 그런 부담의 결과가 우리와의 전쟁이 될지, 아니면 다른 형태로 나타날지는 모르지만 분명 가만히 있을 수는 없을 것입니다."

황제도 동의했다.

"맞는 말입니다. 그래서 우리 군도 일부러 병력을 러시아 방면으로 배치해 두었다고 하더군요. 러시아가 부담을 가지라고요."

대진이 웃었다.

"하하! 손 총사령관님께서 은근히 심리전을 펼치고 있나 봅니다."

"그런 것 같아요."

"그래도 당장 무슨 결말이 나는 것은 아닙니다. 그러니 시간을 두고 지켜봐야 합니다."

"그래야겠지요. 이 특보의 지적처럼 연해주와 북만주가 아무리 고토라 해도 러시아와 총을 겨눌 수는 없는 일이지요."

"맞습니다. 청국과 일본이 적국인 상황에서 적어도 북방만큼은 아군이어야 합니다. 그래야 국가 개혁을 더 힘차게 추진할 수 있습니다."

황제는 몇 번이고 고개를 끄덕였다.

다음 날.

대진은 제국 의회 의사당을 찾았다.

제국 의회는 요양 건설 초기부터 계획된 기관이 아니다. 더구나 요양은 아직도 도시가 건설 중이어서 대형 건물이 거의 없다.

그래서 대형 전시장의 일부를 개조해 의사당으로 사용하고 있었다. 제국 의회 의사당은 전시장에서 얼마 떨어지지 않은 곳의 넓은 부지에 새롭게 터를 잡아 가고 있었다.

대진은 의장실에 들러 신고를 했다.

그러고는 배정된 외교국방위원회를 찾아가 위원들에게 인사했다. 이어서 본회의에서 의원 선서를 하고는 본격적인 의정 활동을 시작했다.

비록 간선으로 선출된 의원들이지만 자부심만큼은 대단했다. 특히 지역에서 선출된 의원들의 자부심이 대단했으며 전부가 열정적이었다.

대진도 이들과 함께 열정적으로 의정 업무를 수행해 나갔다. 덕분에 연말까지 정신없는 시간을 보내야 했다.

제국 의회가 출범하면서 나라의 내실은 한 단계 더 단단해졌다. 요양으로 천도하면서 일어난 대규모 인구이동은 나라를 역동적으로 만들어 주었다.

이주 첫해지만 오랫동안 준비해 온 덕분에 이주민들은 손쉽게 안착했다. 그리고 요양 주변으로 신규 공장도 대거 들어서면서 요양 전체에 생동감이 넘쳐 났다.

자동차 산업이 양산 체제를 갖추면서 산업 전반의 발전 속도가 크게 증대되었다. 여기에 나라에서 지속적으로 실시해 온 개혁 정책이 결실을 거두기 시작하면서 나라는 한층 더 역동적으로 변했다.

해가 바뀌어도 주민들의 열정은 오히려 더 가속되었다. 이 렇듯 사회 전반에서 열기가 넘쳐 나니 나라의 발전은 점점 더 가속되었다.

서양 외교관들은 급속도로 발전하는 대한제국을 보며 하나같이 놀라워했다. 그런 외교관 중 우려의 시선으로 성장을 바라보는 눈길이 있었다.

러시아공사 카를 베베르였다.

베베르 공사는 요양에 부임해서 대한제국의 실상을 파악하고는 크게 놀랐다. 대한이 일본과 청국을 압도한 군사력도 놀라웠지만, 공업 발전이 급속도로 진행되고 있다는 사실에 더욱 놀란 것이다.

베베르 공사의 놀라움은 자연스럽게 우려로 변했다.

그는 대진에게서 연해주와 북만주가 대한의 고토였다는 사실을 들었다.

그리고 대한의 지도자들이 알고 있다는 사실도 크게 부담이 되었다. 그런 부담감은 시간이 지날수록 불안감으로 바뀌어 갔다.

그렇다고 달리 방법이 있는 것은 아니었다.

두 지역이 대한의 고토라 해도 이미 수만 명의 러시아인이 넘어와 있었다. 대부분이 죄수들이기는 하지만 그것은 이제 문제가 되지 않았다.

그들로 인해 20년 넘게 블라디보스토크가 개발되어 왔다.

겨울이면 얼지만 그래도 블라디보스토크는 러시아 동방 정책의 핵심이었다. 그리고 아무르강 연안에는 하바롭스크를 비롯한 10여 개의 요새도 들어서 있었다.

러시아는 지금까지 진출한 지역에서 단 한 번도 물러선 적이 없었다. 그런 러시아의 전통을 연해주와 북만주라고 해서 바꿀 수는 없었다.

그런데 지난 1년여 동안 대한제국의 발전 속도는 놀라울 지경이었다. 그렇기에 그런 상황을 지켜볼 수밖에 없는 베베르 공사는 거의 좌불안석이었다.

베베르가 보드카를 단숨에 마셨다.

"커! 역시 술은 보드카야."

공사 무관도 자신의 잔에 보드카를 따랐다. 그리고 베베르에게 잔을 들어 보이고는 단숨에 비웠다.

"역시! 좋습니다."

두 사람은 연거푸 잔을 비웠다.

베베르가 먼저 입을 열었다.

"도무지 알 수가 없어."

"무엇을 말씀입니까?"

"한국이 북벌에 성공하고 벌써 몇 년이야. 그런 한국이 지금까지 단 한 번도 연해주와 북만주에 대해 공식적으로 거론을 하지 않고 있잖아. 중령은 이게 말이 된다고 생각해?"

"공사님께서는 한국이 가만있는 것이 이상하다는 겁니까?"

베베르 공사가 대답했다.

"당연하지. 한국은 청나라의 백만 대군을 박살 낸 군사력을 보유하고 있어. 그리고 그런 병력을 만주와 내몽골 일대에 배치해 두고 있고. 반면에 우리 러시아의 병력은 동시베리아 전체에 1만여 명 남짓이야. 이런 병력 차를 알고 있는 한국이 지금까지 가만있는 것이 너무도 이상하잖아."

공사 무관이 짐작했다.

"한국이 혹시 우리 러시아를 두려워해서 그러는 건 아닐까요?"

그의 짐작은 한편으로는 일리가 없지 않았다. 그러나 베베르 공사의 생각은 전혀 달랐다.

베베르가 고개를 저었다.

"나도 그랬으면 좋겠지만 그건 아니야. 한국은 우리도 감히 맞서기 어려운 프랑스 해군을 압도했잖아. 심지어 굴욕적이라고 할 수 있는 합의를 프랑스로부터 받아 내기까지 한 나라야. 그런 한국이 우리 러시아를 두려워할 이유가 없어."

공사 무관도 수긍했다.

"그건 그렇습니다. 군사력으로 보면 한국이 우리를 두려워할 이유가 없습니다."

"솔직히 답답해. 무슨 꿍꿍이를 갖고 있는지 도무지 알 수가 없어. 그렇다고 직접 물어볼 수도 없고 말이야."

공사 무관이 확인했다.

"본국도 이 같은 상황을 알고 있습니까?"

베베르 공사 고개를 끄덕였다.

"그래, 내가 몇 번이나 보고했어. 그러나 돌아온 회신은 무작정 기다리라는 것뿐이야. 물론 본국이라고 해서 달리 어떻게 대응할 방도가 없으니 그런 말을 한 거겠지만 답답해."

"생각해 보니 그렇기는 합니다. 그래도 한국이 먼저 거론하지 않는 이상 우리가 지레 걱정할 필요가 있을까요?"

베베르가 술을 단숨에 비웠다.

"후! 나도 이러고 싶지는 않아. 그렇지만 걱정을 하지 않을 수가 없잖아."

베베르 공사는 이런 말을 하면서 대진과 만났을 때를 떠올렸다. 그때 대진은 분명 연해주와 북만주가 대한의 고토라는 사실을 정확히 거론했다.

베베르 공사는 고개를 저었다.

"미치겠네. 분명 어떤 시도라도 해야 하는데, 일체의 움직임이 없어. 이건 마치 나를 말려 죽이려는 거나 다름없는 짓이야."

그가 다시 보드카를 따라서 단숨에 마셨다. 그리고는 잔을 손으로 빙빙 돌리면서 경우의수를 생각하기 시작했다.

그러나 어떤 경우라도 결말은 하나였다.

"한국이 분명 적당한 때를 봐서 움직일 것이 분명해. 문제는 그게 어떤 방식이냐는 것인데……."

생각을 할수록 머릿속은 복잡해져만 갔다. 그러나 베베르 공사는 최선의 방안을 생각해 내느라 눈을 빛내며 생각에 몰두했다.

봄, 봄은 만물이 생동한다.

북방의 봄은 겨우내 얼었던 땅이 녹으면서 시작이 된다. 그러나 요양의 주요 도로는 포장된 덕분에 움직이는 데 불편함이 없었다.

이러한 요양의 도로에는 대한자동차가 만든 자동차가 자주 보였다. 대한제국은 자동차공업 활성화를 위해 관용차를 대거 배정했다.

이런 관용차 덕분에 요양에서 자동차를 보는 것은 별로 어렵지 않게 되었다. 그리고 자동차를 위해 주유소까지 몇 군데 들어섰다.

대진도 해가 바뀌면서 전용차를 구매했다. 그러고는 직접 운전을 하며 업무를 보고 있었다.

이날도 대진은 자신이 직접 운전하며 수상 공관을 찾았다.

수상 공관은 관청가가 밀집해 있는 요양 중심부에서 조금 떨어진 곳에 위치해 있었다.

대진이 찾은 공관에는 이미 몇 사람이 들어와 있었다. 대진은 심순택 수상에게 먼저 인사를 했다.

"안녕하십니까, 각하."

심순택이 반갑게 맞았다.

"어서 오시오, 이 백작."

이어서 다른 사람과도 인사를 나누고는 원탁에 앉았다. 그러자 바로 차가 나왔다. 대진이 차를 한 모금 마실 때를 기다렸다가 수상이 나섰다.

"오늘 여러분을 모시게 된 것은 러시아와 우리의 해묵은 문제를 의논하기 위해서입니다. 잘 아시다시피 러시아와의 문제를 해결해야 고토 수복의 마지막 남은 얼개가 짜입니다. 그럼에도 우리는 지난 몇 년간 내실 강화를 위해 기다려 왔지요. 그러나 언제까지 두고 볼 수만은 없지 않겠습니까?"

금년 초 장병익도 전역을 했다. 그러고는 지난해 서거한 신헌에 이어 국방대신이 되었다.

장병익이 생각을 밝혔다.

"맞는 말씀입니다. 우리 군에서도 그 문제에 대해 이런저런 말이 많이 나오고 있습니다. 내실을 다지기 위해 전선을 넓히지 않은 것은 저희도 찬성했던 일입니다. 그러나 너무 오래 방치하다 보면 자칫 러시아가 오인할 가능성이 높습니다."

심순택도 동조했다.

"맞는 말씀입니다. 이제는 내정이 어느 정도 안정되었습니다. 이런 상황에서 더 이상 문제를 미룰 수는 없는 일입니다."

그때 대진이 문제를 제기했다.

"그렇다 해도 군사행동을 해서는 안 됩니다."

장병익이 의아해했다.

"그게 무슨 말인가? 군사행동을 하지 말라니? 우리가 파악한 바로는 시베리아 동부 지역의 러시아군은 1만 명도 되지 않아. 더구나 연해주 지역은 몇천에 불과하고. 이런 상황을 그대로 좌시하자는 말이야?"

대진이 설명했다.

"군사행동을 하면 우리는 무조건 승리할 수 있습니다. 그러나 우리에게는 이미 청국과 일본이라는 적국이 있다는 사실을 간과하시면 안 됩니다. 지금 상황에서 러시아까지 적으로 만들면 지금과는 비교할 수 없을 정도의 부담을 안게 됩니다."

심순택이 질문했다.

"이 백작은 그럼 협상으로 러시아로부터 고토를 돌려받자는 말씀이오?"

"그렇습니다. 러시아도 청국으로부터 얻은 땅이 우리의 고토라는 사실을 알고 있습니다. 그러니 군사력이 입증된 우리가 어떻게 나올지에 대해 전전긍긍하고 있을 것이 분명합니다. 저는 그런 상황을 적절히 활용했으면 합니다."

심순택이 고개를 저었다.

"쉽지 않은 일이오. 러시아는 지금까지 진출한 지역에서 단 한 번도 물러선 적이 없어요. 그런 러시아를 어떻게 협상으로 몰아낸단 말씀이오?"

"아무 대가도 없이 무작정 물러나게 할 수는 없는 일입니다. 그러나 우리에게는 최고의 대안이 있지 않습니까?"

심순택이 고개를 갸웃했다.

"최고의 대안이라고요?"

"그렇습니다. 러시아가 가장 바라는 것은 부동항입니다. 그래서 지난 1860년 북경조약을 중재하면서 북만주와 연해주를 얻은 것이고요. 그러나 그렇게 얻은 지역도 부동항을 만들 수가 없습니다. 그런데 우리에게는 그런 러시아의 숙원을 풀어 줄 수 있는 방법이 있습니다."

장병익이 대번에 알아들었다.

"북해도를 말하는 건가?"

대진이 바로 대답했다.

"그렇습니다."

대진이 자리에서 벌떡 일어났다.

그는 벽에 부착된 세계 전도로 가서 북해도를 짚었다. 그러고는 자신이 생각한 바를 차곡차곡 설명했다.

"이 북해도에는 러시아가 그토록 바라 마지않던 부동항이 있으며 또 건설할 수도 있습니다. 그것도 섬 어느 지역이라도 가능하지요. 부동항을 원하는 러시아로서는 보석과도 같은 섬일 겁니다."

모두의 눈빛이 깊어졌다.

"그런데 우리는 어떻습니까? 우리에게 북해도는 일본을 견제하기 위해 얻은 영토일 뿐입니다. 그러나 실제로는 그렇게 큰 도움이 되지는 않고 있습니다."

모두가 고개를 끄덕였다.

"어떻게 보면 계륵이라고 할 수도 있지요."

장병익도 동조했다.

"맞는 말이야. 북해도에 해병1사단이 주둔하면서 일본을 어느 정도는 견제하고 있지. 그러나 본토와 거리가 멀어서 관리하는 것 자체가 힘이 드는 것도 사실이야."

"그렇습니다. 만일 우리가 그런 북해도를 놓고 러시아가 차지하고 있는 고토와 교환 협상을 추진한다면 어떻게 되겠습니까? 제가 보기에 러시아는 절대 거부하지 않을 것입니다."

대진의 말에 방 안이 크게 술렁였다.

장병익도 격하게 동조했다.

"부동항을 원하는 러시아로서는 그보다 좋은 일이 없겠지. 더구나 북해도는 북태평양으로 진출할 수 있어서 위치도 최적이지."

"그렇습니다. 국방대신의 말씀대로 북해도는 우리에게 없어도 크게 아쉽지 않은 땅입니다. 반면 러시아로서는 너무도 탐스러운 천혜의 요새라고 할 수 있지요."

몇몇도 격하게 공감했다.

심순택이 이의를 제기했다.

"그런데 땅 면적이 너무도 차이가 나지 않은가? 더구나 북만주와 연해주를 돌려준다면 러시아로서는 북해도로 가는 길이 결코 쉽지가 않게 돼요."

대진도 인정했다.

"맞습니다. 그래서 저는 최선이 아니면 차선을 선택했으면 합니다."

심순택의 눈이 커졌다.

"최선이 아니면 차선이라니? 무엇이 차선이란 말씀이오?"

대진은 생각하는 바를 설명했다. 설명을 들은 사람들은 쉽게 결정을 못 해 의견이 분분했다.

심순택도 한동안 고심했다.

"……으음! 쉽게 결정을 내리기가 어렵네요. 그리고 그게 정녕 옳은 길인지도 모르겠고요."

대진의 설명이 이어졌다.

"저도 그래서 고심을 많이 했습니다. 그런데 수상께서 말씀하신 대로 이번 일은 영토를 확장하려는 것이 아닙니다. 우리는 우리 고토의 마지막 남은 얼개를 찾으려는 것뿐입니다."

"그건 그렇지요. 우리에게 더 넓은 영토가 꼭 좋은 것만은 아니지요."

"맞습니다. 넓은 영토를 얻으려 했다면 몽골 초원까지 강역을 확장했어도 될 일입니다. 그러나 우리는 그렇게 하지 않았지요. 황하 이북 지역도 청국에 돌려주었고요. 그런 취지에서 생각한다면 제가 말씀드린 방안이 옳다고 생각합니다."

"이 백작은 북만주 지역이 우리 강역이 아닐 수도 있다는 생각을 한 것이군요."

대진이 고개를 저었다.

"그렇지는 않습니다. 그러나 그 지역이 북부여의 강역인지는 의문이 드는 것도 사실이기는 합니다. 그리고 협상은 상대적입니다. 저는 나라의 미래를 위해 러시아와 적당한 선에서 타협을 했으면 합니다."

장병익이 나섰다.

"이 백작, 이 문제를 의회 외교국방위원회에서 정식으로 논의하는 것은 어떻게 생각하나?"

대진이 흔쾌히 동의했다.

"저는 좋다고 생각합니다."

장병익이 수상을 바라봤다.

7장

"수상 각하! 이 사안에 대한 결정을 의원들에게 맡기는 것은 어떻게 생각하십니까?"

심순택이 역제안을 했다.

"저는 좋다고 생각합니다. 의회의 기능이 여론의 표출이니 이런 사안을 공론에 붙이는 것은 더없이 좋은 일이지요. 그렇지만 황제 폐하께 먼저 보고를 드려서 재가를 받는 것이 순서일 것 같습니다."

"그건 맞습니다."

대진이 나섰다.

"폐하께 보고는 제가 드리도록 하겠습니다."

심순택이 두말하지 않았다.

"황실특별보좌관이니 그렇게 해야겠지요. 그렇게 하세요. 의회 발의는 황제 폐하의 재가를 얻은 이후에 하도록 합시다."

"감사합니다."

수상 공관을 나온 대진은 바로 황궁을 찾았다. 그러고는 방금 논의한 사항을 황제에게 보고했다. 황제가 침음했다.

"으음! 드디어 때가 되었군요."

"예, 폐하. 이제 때가 되었습니다."

"짐도 그 문제로 생각을 많이 했는데 역시 협상이 최선이더군요."

대진도 적극 동조했다.

"그렇사옵니다. 청일 양국을 적으로 두고 있는 지금의 우리로서는 안심하고 등을 맡길 우군이 필요합니다. 지금 같은 상황에서 러시아까지 적으로 돌리는 것은 어리석은 행위입니다."

황제가 몇 번 고개를 끄덕였다.

그러던 황제가 돌연 문제를 제기했다.

"그러나 이는 우리만의 생각일 뿐입니다. 러시아가 쉽게 협상에 응할지 걱정이네요."

"저들로서도 영토 문제를 깨끗이 정리하고 싶어 할 것입니다. 그러지 않으면 두고두고 우환이 되는 일이라는 사실을 모르지 않습니다."

황제도 인정했다.

"그렇겠지요. 짐이 러시아의 황제라 해도 신경이 쓰일 수밖에 없겠지요."

"그렇습니다. 러시아는 지금 선대 황제가 추진하던 개혁
정책을 모조리 폐기하고 있습니다. 그러면서 새로운 정치체
계를 구축하고 있는 중이고요. 그 때문에 외부로 시선을 돌
리는 일이 쉽지 않을 것입니다. 그런 상황에서 동방의 최강
국이 된 우리 대한제국과의 관계가 명확하지 않은 것은 러시
아 황제에게 부담일 수밖에 없습니다."

황제가 요점을 짚었다.

"그들도 자신들의 필요 때문에라도 협상에 나설 것이라는
분석이군요."

대진이 인정했다.

"그렇습니다. 우리도 우리의 안보를 위해 전쟁이 아닌 협
상을 택해야 합니다. 그렇듯이 러시아도 자신들의 국익을 위
해 협상에 나설 수밖에 없을 것입니다."

황제가 동의했다.

"좋습니다. 의회에서 협상을 결정하면 짐도 거기에 따르
도록 하지요. 의회 회의에는 이 특보도 참석하겠지요?"

"제가 직접 협상의 당위성을 설명할 것입니다."

"잘되었군요. 그러면 회의에 참석했다가 결과를 짐에게
알려 주세요."

"그렇게 하겠습니다."

다음 날.

제국 의회 외교·국방위원회 합동 회의가 열렸다. 대진은 회의에 참석해 협상의 당위성을 설명했다.

이어서 진행된 회의에서는 격렬한 토의가 진행되었다. 의외였던 점은 상당수의 의원들이 군사행동을 선호하고 나선 것이었다.

그러나 그보다 많은 의원들이 대진의 제안에 손들어 주었다. 덕분에 최종적으로 협상이 결의되면서 대진이 대표로 선출되었다.

며칠 후.

대진이 베베르 공사를 초대했다.

요양 천도 이후 대진의 집무실이 황궁의 별궁에 별도로 마련되었다. 베베르 공사가 그 집무실을 찾은 것은 오후 무렵이었다.

"어서 오십시오, 공사님."

베베르가 웃으며 손을 내밀었다.

"반갑습니다. 그동안 잘 지내셨지요?"

대진이 사과했다.

"제가 너무 무심했습니다. 같은 요양에 있으면서도 이렇게 따로 뵌 적이 없었네요."

베베르가 호탕하게 웃었다.

"하하하! 그러게 말입니다. 이 백작께서 워낙 바쁘시다 보니 어쩔 수 없는 일이지요."

대진도 웃으며 푸념했다.

"하하! 말씀대로입니다. 뭐가 그리 바쁜지 1년의 절반 가까이 해외에서 시간을 보내네요."

"황실의 특별보좌관이시니 어쩔 수 없는 일이겠지요. 그나저나 저를 따로 만나자고 해서 놀랐습니다. 이 백작께서 무슨 말씀을 하실지 솔직히 걱정도 되고요."

이때 홍차가 들어왔다.

대진이 웃으며 권했다.

"우선 목부터 축이시지요."

"감사합니다."

두 사람은 잠시 한담을 나눴다. 그러던 중 대진이 홍차를 한 모금 마시며 본론으로 들어갔다.

"오늘 공사님을 뵙자고 한 것은 그동안 알고도 모른 척해오던 문제를 풀기 위해서입니다."

베베르의 안색은 담담했다.

그러나 속내는 전혀 달랐다.

'아! 결국 올 것이 왔구나. 지금까지 별말이 없어서 그냥 넘어가나 생각했는데 그렇지 않았어.'

그가 찻잔을 들었다.

"백작님께서 무슨 말씀을 하시는지 모르겠습니다. 알고도 모른 척하던 문제라니요?"

대진은 내심 감탄했다.

'호오! 역시 한 나라의 주재 공사답게 정신력이 대단하구나. 베베르 공사는 내가 무슨 말을 하는지 알고 있음이 분명하다. 그럼에도 불구하고 얼굴색도 변하지 않고 담담하게 내 말을 받아 내고 있어.'

대진도 담담히 말을 받았다.

"공사님께서는 본국의 고토가 어디까지인지 아시지요?"

순간, 베베르 공사의 표정이 꿈틀했다.

"……예전에 백작께서 거론하신 것은 기억하고 있습니다."

"그러시군요."

베베르 공사가 강변했다.

"허나 백작의 말씀은 귀국의 일방적인 주장입니다. 우리는 청국으로부터 정식으로 양도받은 영토임을 분명히 밝혀 두는 바입니다."

대진도 인정했다.

"저도 귀국과 청국의 조약이 잘못되었다고 보지는 않습니다. 양국 대표가 상호 협의한 정식 조약에 의거해서 영토 할양 조약을 체결했다는 점도 잘 알고 있고요."

"그런데 왜 그 문제를 왜 다시 거론하시는 건지요?"

대진이 분명해 밝혔다.

"조약과 절차가 정당하다고 해서 내용이 옳은 것은 아닙니다. 생각해 보십시오. 도둑이 남의 집을 강점했다가 집을 양도했다면 그게 정상적인 계약이라고 봐야 합니까?"

대진의 논리에 베베르 공사는 순간적으로 당황했다. 그러나 이미 수많은 경우의수를 생각해 둔 터라 바로 반박했다.

"우리는 청국이 귀국의 고토를 강점하고 있었다는 사실을 몰랐습니다."

대진도 베베르 공사와의 협상을 위해 고심을 거듭해 왔다. 그런 대진이었기에 너무도 유연하게 대응했다.

"당연히 그러셨겠지요. 우리 대한제국이 북벌을 추진하기 전까지는 잘 몰랐던 사실이니까요. 아니, 청국은 알고 있으면서도 일부러 외면하고 있었지요. 그렇다고 해서 명백한 역사적 사실이 없어지지는 않습니다."

베베르 공사가 고개를 저었다.

"귀국의 안타까운 사정을 모르지는 않습니다. 그러나 이미 우리 영토가 된 지 20년이 넘은 지역을 돌려줄 수는 없습니다."

대진이 일부러 한숨을 내쉬었다.

"후! 그렇다면 전쟁을 통해 문제를 해결할 수밖에 없는 겁니까?"

"……."

그 말에 베베르 공사는 반박을 못 했다.

그는 대한제국의 군사력을 누구보다 잘 알고 있었다. 그래서 전쟁이 벌어진다면 이기기 어렵다는 사실도 너무도 잘 알고 있었다.

베베르 공사에게 전쟁은 최악의 결과나 다름없었다. 그렇다고 영토를 그냥 돌려주는 것은 생각조차 할 수 없는 일이었다.

움쭉달싹 못 하게 된 베베르 공사의 침묵이 길어졌다. 대진은 그가 말을 다시 할 때까지 묵묵히 기다려 주었다.

얼마의 시간이 지났다.

베베르 공사가 길게 한숨을 내쉬었다.

"하! 지금의 내 입장에서는 무엇을 어떻게 결정할 수가 없네요. 생각 같아서는 당장 자리를 박차고 일어나고 싶습니다. 하지만 그건 전쟁을 하자는 말인데, 그러기에는 솔직히 본국의 사정이 여의치가 않습니다. 그렇다고 지금 내가 귀국에 해 줄 무언가도 없고요."

의외의 발언에 대진이 놀랐다.

"공사님께서 이런 말을 하실 줄 몰랐습니다."

베베르 공사가 씁쓸해했다.

"솔직한 사정을 말씀드린 것뿐입니다."

대진이 고개를 끄덕였다.

"이해합니다. 공사님의 입장에서는 어느 것 하나 쉽게 결정하기 어렵겠지요."

"그렇습니다. 제가 한국에 부임한 지 1년이 겨우 넘었습니다. 그 기간 동안 저는 한국에 대해 아주 큰 감명을 받았지요. 한국인은 누구 한 사람 없이 열정적인 삶을 살아가고 있더군요. 외국인에게도 더없이 친절하고요. 저는 그런 사람들과 오래도록 좋은 관계를 이어 나가고 싶습니다. 그러나 이 문제만큼은 제가 어떻게 할 방도가 없네요."

대진은 어리둥절했다.

베베르 공사는 오랫동안 외교관 생활을 하고 있는 사람이다. 그런 그가 속내를 이렇게 전부 보여 줄 거라고는 생각지도 못했다.

베베르 공사가 피식 웃었다.

"제가 너무 속내를 드러내 보여서 이상하나 봅니다."

대진도 솔직하게 말했다.

"예, 아니라는 말을 못 할 정도입니다."

베베르가 말을 이었다.

"귀국의 군사력이 아무리 강력해도 우리와의 전쟁은 결코 쉬운 일이 아닙니다. 지금의 병력을 놓고 보면 귀국이 당장은 압도하겠지요. 그렇지만 그런 이점이 언제까지 이어진다는 보장은 없습니다. 우리 러시아가 걸어온 전쟁을 단 한 번도 외면한 적이 없다는 사실을 잊지 말아 주셨으면 합니다."

그건 대진도 알고 있는 사실이었다.

"저도 그렇다는 사실은 알고 있습니다. 귀국의 역사를 살펴보니 지금까지 진출한 지역에서 단 한 번도 물러선 적이 없더군요. 그런 러시아가 걸어온 싸움을 피할 리는 없겠지요."

베베르의 눈이 커졌다.

"호오! 놀랍군요. 백작께서 그런 사실을 알고 있을 줄 몰랐습니다. 맞습니다. 그렇기 때문에 아쉽게도 이번만큼은 제게 가능한 운신의 폭이 거의 없습니다."

대진도 고개를 끄덕였다.

"충분히 이해합니다. 우리나라도 러시아와 전쟁까지 가는 경우는 원하지 않습니다. 그래서 어떤 식으로든 협상을 통해 이 문제를 해결해 보고 싶지만 여의치가 않네요."

베베르가 한숨을 거듭 내쉬었다. 대진은 그런 베베르를 한동안 바라보다가 대화를 정리했다.

"오늘은 서로의 의견을 아는 정도에서 매듭을 짓는 것이 좋겠습니다."

"저도 그게 좋겠습니다."

"그러면 공사님도 본국에 우리의 의사를 알려야 하니 며칠 후에 다시 만나도록 합시다."

"좋습니다."

두 사람은 정중히 악수를 나눴다.

황궁을 나온 베베르 공사는 곧바로 공사관으로 돌아왔다.

공사 무관이 베베르를 맞았다.

"잘 다녀오셨습니까?"

베베르가 고개를 저었다.

"그렇지 못하네."

"무슨 일이 있는 것입니까?"

베베르가 거칠게 웃옷을 벗어 던졌다. 그러고는 보드카를
따서는 연거푸 석 잔을 마셨다.

"커!"

공사 무관은 베베르의 분위기가 이상한 것을 바로 알아챘
다. 그는 아무 말 없이 베베르의 옆으로 다가가서는 보드카
를 따라 단숨에 비웠다.

그러고서 질문했다.

"공사님이 우려했던 일이 벌어진 것입니까?"

"······그래. 이 백작이 연해주와 북만주에 대한 한국의 기득
권을 주장했어. 자신들의 고토이니 돌려줘야 한다고 말이야."

쾅!

무관이 탁자를 내리쳤다.

"이런 빌어먹을! 우려했던 일이 결국 현실이 되고 말았네
요. 그래서, 뭐라고 하셨습니까?"

베베르가 대진과의 대담 내용을 설명했다. 설명을 들은 공
사 무관의 입에서 절로 신음이 흘렀다.

"으음! 일이 그렇게 흘러갔군요. 그런 것을 보면 이 백작
도 결코 무례한 사람은 아니군요."

"무례하기는, 다른 누구보다 겸손했다네. 그런데 그 겸손

함이 솔직히 더 두려웠어."

"아! 그렇습니까?"

"힘이 약했을 때의 겸손함은 비굴함을 감추려는 행동일 뿐이야. 그런데 그 반대의 경우가 되니 두려움을 느낄 정도로 너무도 당당했어. 그것도 내가 다른 말을 할 수 없을 정도로 말이야."

"어떻게 하시려고요?"

베베르 공사가 고개를 저었다.

"지금으로선 뾰족한 방법이 없어. 우리 입장에서는 두 지역이 한국의 고토라 해도 돌려줄 수는 없잖아. 한국으로서도 자신들의 고토를 무작정 내버려 둘 수가 없는 일이겠지."

공사 무관이 동조했다.

"맞습니다. 우리 러시아는 남진 정책이 국가 대업입니다. 연해주와 북만주를 얻은 것도 부동항을 얻기 위해서이고요. 안타깝게도 블라디보스토크가 부동항은 아니지만 본국의 동방 정책의 핵심입니다. 그런 지역이 아무리 한국의 고토라 해도 돌려줄 수는 없습니다."

"그렇다고 전쟁까지 불사할 수는 없잖아. 청국 정도라면 당장 보유하고 있는 무력으로라도 밀어붙일 수가 있어. 그러나 한국과 맞싸우려면 적어도 병력이 삼사십만은 있어야 해."

"그건 그렇습니다."

베베르 공사가 이마를 찌푸렸다.

"그런데 본국의 상황으로는 그렇게 많은 병력을 동원하기가 어려워. 더 큰 문제는 그 병력을 동원했다고 해서 승리를 장담할 수 없다는 거야. 만약 패전이라도 한다면 연해주, 북만주는 물론이고 시베리아 동부까지 전부 내줄 수도 있어."

"설마 그렇게까지 되겠습니까?"

베베르 공사가 고개를 저었다.

"설마가 아니야. 귀관이 본국에 있을 때 나는 천진에서 한국의 군사력을 직접 경험한 사람이야. 한국은 청국을 그냥 이긴 것이 아니야."

"그냥이 아니라면 어떻게 이겼다는 말씀입니까?"

"일방적으로 완전히 압도했었어. 더구나 그들의 함포는 사거리가 무려 10킬로미터 가까이나 되었어. 그런 함포가 야전에 투입되면서 청나라 최정예였던 북양군이 완전히 압살당했지."

베베르는 북벌 당시 해병대와 북양군의 접전을 설명해 주었다. 이야기를 들은 공사 무관의 눈이 더없이 커졌다.

"그 정도로 대단합니까?"

"그래, 당시 한국군은 반년 가까운 공방전에서 단 한 번도 패전한 적이 없다네."

"대단하군요. 그런데 그런 전투력을 보유한 한국이 왜 전쟁을 택하지 않은 것일까요? 저들도 우리의 군사력이 얼마라는 것 정도는 충분히 알고 있었을 터인데요."

베베르 공사가 고개를 저었다.

"그건 나도 몰라. 그렇지만 청국과 일본을 상대하는 것과
달리 우리 러시아에 호의적인 것만은 분명해. 그렇지 않았다
면 타협이 불가함을 알아챈 순간 바로 선전포고를 했겠지."

"우리가 한국과 구원(舊怨)이 없다는 것을 감사해야겠네요.
협상을 내세우는 것을 보니 우리와 새로운 원한을 만들 생각
도 없고요."

베베르가 크게 고개를 끄덕였다.

"그래, 맞아. 내 생각도 그래. 한국은 우리와 적이 되고 싶
지 않은 것 같아."

베베르 공사가 몸을 돌렸다.

"우선은 본국에 급전부터 보내야겠어."

베베르는 통신실로 들어가서는 본국으로 급전을 보냈다. 그
러나 본국에서 돌아온 답변은 무조건 안 된다는 말뿐이었다.

답답한 베베르는 며칠 동안 통음을 했다.

그렇게 술에 절어 있을 무렵, 대진의 전갈이 날아들었다.

베베르를 만난 대진이 깜짝 놀랐다.

"아니, 이게 어떻게 된 일입니까? 무슨 일이 있기에 얼굴
이 이렇게 많이 상했습니까?"

베베르가 씁쓸한 표정을 지었다.

그런 그의 얼굴은 며칠 사이 거칠어지고 시꺼멓게 탔다.

베베르 공사는 마른세수를 했다.

"며칠 동안 속이 상해 매일 술을 마셨더니…….."

"이런, 몸도 생각하셔야지요."

"그래야 하는데 그게 마음대로 되지가 않네요."

"본국의 회신 결과가 좋지 않았나 봅니다."

"……예, 썩 좋지가 않네요. 그리고 본국에서도 어떤 결정을 내리는 게 솔직히 어려운 일이기도 하고요."

대진이 고개를 끄덕였다.

"이해합니다. 귀국과 공사님의 입장, 충분히 이해합니다."

"감사합니다."

"그래서 말인데, 이렇게 하면 어떻겠습니까?"

대진이 무언가 조건을 제시하려 했다. 그러자 베베르 공사의 눈에서 빛이 돌기 시작했다.

"무슨 좋은 방안이라도 생각하신 겁니까?"

"음! 우리 대한과 러시아 모두 한 발씩 양보하는 겁니다."

베베르의 눈이 커졌다.

"한 발씩 양보를 하다니 어떻게 말입니까?"

"귀국은 면적의 이점을 양보하는 겁니다. 그리고 우리는 지리적 이점을 양보하고요. 그런 입장에서 서로의 영토를 교환하지요."

베베르는 어리둥절했다.

"예? 영토를 교환하자고요?"

"그렇습니다. 귀국도 연해주와 북만주는 청국으로부터 얻은 영토입니다. 그리고 우리도 북해도와 쿠릴열도는 일본으로부터 얻은 영토이지요. 이 두 지역을 교환하는 겁니다."

베베르가 깜짝 놀랐다.

"두 지역을 교환하자고요?"

대진의 설명이 이어졌다.

"그렇습니다. 귀국이 가장 바라는 것은 부동항의 확보로 알고 있습니다. 그러나 아쉽게도 블라디보스토크는 부동항이 아니지요. 그 외의 다른 항구는 더 말할 것도 없고요. 만일 귀국이 북해도를 얻는다면 러시아 역대의 숙원을 풀 수 있게 됩니다. 그리고 우리는 숙원이던 고토를 회복하게 되고요."

베베르 공사의 머릿속이 복잡해졌다.

"그래서 우리는 면적을, 귀국은 지리적 이점을 양보하자는 말씀을 했군요."

"그렇습니다. 귀국이 면적만 양보한다면 양국은 서로가 바라 마지않던 숙원을 모두 풀리게 됩니다. 그렇지 않습니까?"

"그렇기는 한데……."

베베르 공사는 쉽게 답을 못 했다.

그는 대진의 집무실 전면에 부착된 세계지도로 다가갔다. 그러고는 세계지도를 보며 한동안 고심을 거듭했다.

대진이 그의 옆으로 갔다. 그러고는 지휘봉을 들어 북해도의 곳곳을 짚어 나갔다.

"지도를 보십시오. 북해도는 그야말로 귀국이 바라 마지

않던 부동항의 최적지입니다. 더구나 곳곳에 천혜의 양항을 갖고 있어서 어느 곳에도 항구를 건설할 수가 있지요. 그뿐만이 아니라 태평양으로 쉽게 뻗어 나갈 수가 있어서 미국을 견제하기도 쉽지요."

베베르가 의문을 제기했다.

"그렇게 좋은 지역을 왜 넘겨주려고 합니까?"

대진이 딱 잘랐다.

"오직 하나의 이유 때문입니다. 우리에게 고토 수복은 어떤 실리보다 중요한 절대 명분이니까요."

베베르가 탄성을 터트렸다.

"아! 그렇군요. 그래서 북해도를 포기할 수 있다는 말씀이군요."

"그렇습니다. 귀국의 입장에서도 북해도를 얻게 되면 동방 정책의 꽃을 피울 수 있을 것입니다. 아울러 알래스카를 미국에 넘긴 아쉬움도 챙길 수 있을 것이고요."

베베르가 격하게 공감했다.

"맞는 말이기는 합니다. 그런데 면적의 차이가 너무 많이 납니다."

"그래서 제가 말씀을 드리지 않았습니까? 서로 통 크게 양보를 하자고요."

베베르가 잠시 고심했다.

"……좋습니다. 제가 바로 결정할 수는 없으니 이 제안을 본국과 상의해 보겠습니다."

"그렇게 하시지요."

처음과 달리 돌아가는 베베르 공사의 발걸음은 가뿐했다.

공사관으로 돌아온 베베르는 본국으로 급전을 보냈다.

그리고 며칠 후.

베베르 공사가 다시 대진을 찾았다.

이전의 두 번째와 달리 이번에는 그가 먼저 대진을 찾았
다. 그렇지만 그의 표정은 이전보다 별로 달라지지 않았다.

대진이 궁금해했다.

"본국에서 좋은 소식이 오지 않은 것입니까?"

베베르 공사가 한숨을 내쉬었다.

"후! 안타깝지만 그렇습니다."

"아! 그래요?"

대진의 안색이 더없이 굳어졌다. 러시아가 교환 협상을 거
부한다는 말은 전쟁도 불사하겠다는 의미나 다름없었기 때
문이다.

베베르 공사가 황급히 손을 저었다.

"그렇다고 모든 제안을 거부한 것은 아닙니다."

베베르가 가져온 지도를 펼쳤다.

"우리가 양보할 수 있는 것은 여기까지입니다."

베베르가 가져온 지도에는 아무르강이 경계로 되어 있었

다. 베베르가 지도를 짚으며 강조했다.

"영토 교환은 찬성입니다. 그러나 두 지역의 면적 차가 너무 큽니다. 그리고 북만주 지역을 전부 넘겨주게 되면 우리가 북해도로 갈 수 있는 길이 요원해집니다. 아무르강을 양국의 경계로 한다면 그나마 북해도로의 통행이 쉬워집니다. 그래서 이런 제안을 드리는 것입니다."

대진은 내심 쾌재를 불렀다.

베베르의 제안은 최선은 아니지만 차선으로 생각하고 있던 방안이었다. 그러나 겉으로는 안타까운 표정을 지으며 침음했다.

"으음!"

베베르는 애가 달았다.

"이 정도면 우리 러시아로서도 최대한 양보를 한 것입니다. 그러니 이 정도에서 마무리를 지으시지요."

대진은 잠시 고심하던 척했다. 그러다 지도의 한 곳을 짚었다.

"좋습니다. 그러면 이 쿠릴열도는 우리에게 양보해 주시지요."

베베르 공사가 놀랐다.

"쿠릴열도를 양보하라고요?"

"그렇습니다. 우리는 북만주를 얻지 못했습니다. 그러니 귀국도 일정 부분은 양보해 주는 것이 이치에 맞지 않겠습니까?"

베베르가 항변했다.

"그건 면적 차가 너무 많이 나서 그런 것 아닙니까?"

대진이 손을 저었다.

"베베르 공사님, 제가 처음 제안한 말이 무엇입니까? 우리가 서로 하나씩은 양보를 하자고 하지 않았습니까?"

"그렇기는 하지요."

대진의 설명이 이어졌다.

"귀국은 아무르강의 북부를 전부 지켜 내면서 북방의 맹주를 굳건히 확인했습니다. 우리도 그런 러시아를 존중하겠습니다. 그러니 귀국도 본국에 쿠릴열도를 양보해 주었으면 합니다. 그렇게 되면 우리도 북태평양에 숨구멍을 만들게 되는 꼴이 되지 않겠습니까?"

베베르가 난처한 표정을 지었다.

"하하! 그거 참."

그는 쉽게 답을 주지 못했다.

대진이 말을 이었다.

"귀국이 아무르강의 북부를 얻고자 하는 것은 북해도와의 연결 때문이지요?"

"그렇습니다."

"아무르는 1년의 반은 어는 강입니다. 그런 강을 수로로 이용하는 것은 어렵지 않을까요?"

베베르가 어깨를 으쓱했다.

"그렇기는 하지요. 그러나 아무르는 수량이 많아서 수로를 이용하는 데 아주 적절합니다. 그리고 겨울에는 얼음을 이용하면 되고요."

"그렇다고 해도 늘 위험이 도사리고 있지 않습니까? 더구나 대량의 물건을 옮기는 일도 쉽지 않고요."

베베르가 눈을 빛냈다.

"무슨 말씀을 하시려고 그러는 것인가요?"

"귀국이 쿠릴열도까지 양보를 해 주시지요. 그렇게 해 준다면 우리는 귀국에 새로운 합작 사업을 제안하려고 합니다."

"새로운 합작 사업이요?"

"그렇습니다. 본국도 좋지만 귀국에도 아주 좋은 합작 사업입니다."

베베르가 고심했다. 한동안 고심하던 그가 크게 고개를 끄덕이며 결정했다.

"좋습니다. 제안하는 사업이 양국의 국익에 부합된다면 쿠릴열도를 양보할 용의가 있습니다."

대진이 자리에서 일어났다.

그러고는 벽장에서 새로운 지도를 가져와 탁자 위에 펼쳤다. 그 지도에는 대한제국 전역과 함께 철도노선이 그려져 있었다.

대진이 지도를 짚었다.

"이 지도가 무엇인지 아십니까?"

베베르 공사가 고개를 갸웃했다.

"귀국의 영역을 표시하는 지도가 아닙니까?"

대진이 싱긋이 웃었다.

"공사님께서 지도의 영역만 보고 계시네요. 자세히 들여다보십시오. 지도에 무엇이 표시되어 있는지요?"

베베르 공사가 지도로 다가갔다. 그러고는 지도를 찬찬히 살펴보다가 탄성을 터트렸다.

"아! 철도노선이 표시되어 있군요?"

"그렇습니다."

대진이 대한제국 지도에서 철도노선의 북쪽 끝을 짚었다. 그러고는 다시 세계지도를 펼치고서 그 점을 표시했다.

8장

대진이 설명했다.

"이곳이 우리나라 횡단철도의 마지막 지점입니다. 그리고 이곳이 귀국의 수도인 상트페테르부르크고, 이곳이 모스크바지요."

대진이 지도에서 죽 선을 그었다.

"베베르 공사님께서 이 선을 보고 생각나는 것이 없습니까?"

베베르 공사가 바로 알아봤다.

"철도노선이군요."

"그렇습니다. 우리는 지난 전쟁에서 청국으로부터 몽골 지역 철도부설권을 획득했습니다. 그래서 이런 식으로 철도를 부설하면 귀국의 이르쿠츠크로 연결되지요. 그러고는 곧

바로 상트페테르부르크로 연결할 수 있고요. 그게 아니면 몽골 초원을 가로질러 중앙아시아 초원을 지나 모스크바로 연결할 수 있고요."

베베르가 크게 고개를 끄덕였다.

"그렇군요. 위로 가나 아래로 가나 모스크바로 연결되는군요."

"그렇습니다. 그리고 이르쿠츠크에서 반대로 연결하면 동부시베리아를 관통해 아무르강의 끝까지 갈 수가 있지요."

"흐음!"

"공사님께서는 본국의 철도부설 기술이 세계 최고에 버금간다는 사실을 아십니까?"

"잘은 모릅니다."

"본국은 10년도 되지 않아 국토 전역에 철도를 부설했지요. 그러면서 철도부설에 엄청난 기술을 축적했고요. 철도노선은 미국에 가장 많이 깔려 있지요. 그렇지만 기술력만큼은 우리 대한이 어디에도 뒤지지 않는답니다. 그런 우리 대한제국은."

대진이 지도를 짚었다.

"이 대륙종단철도의 건설을 귀국과 합작하려고 합니다."

베베르 공사가 깜짝 놀랐다.

"종단철도부설을 합작하자고요? 그것도 이 긴 노선을 말입니까?"

"그렇습니다. 이 철도노선이 부설되면 우리는 육로를 통해 유럽으로 갈 수 있게 됩니다. 두 달 가까이 걸리는 여정이 불과 일주일여로 단축된다는 의미지요."

베베르가 눈을 빛냈다.

"우리에게도 엄청난 도움이 되겠군요."

"당연히 그렇습니다. 만일 동쪽 끝까지 철도가 연결되면 귀국의 북해도 경영에 결정적 도움이 될 것입니다. 아울러 지금까지 지지부진한 시베리아 개발도 촉진될 것이고요. 시베리아가 개발된다면 귀국의 국부는 기하급수적으로 불어나게 되지 않겠습니까?"

베베르의 눈이 차츰 불타올랐다.

"맞는 말씀입니다. 시베리아는 이전까지 모피나 수집하던 동토의 땅이었습니다. 그런 시베리아를 적극적으로 개발할 수만 그 효용가치는 무궁무진하겠지요. 아울러 북해도 경영에도 결정적 도움이 될 것이고요."

"그렇습니다."

베베르가 적극적으로 나섰다.

"어떤 방식으로 합작을 하려는 것입니까?"

대진이 여기서 한발 물러섰다. 그리고 두 손을 들고서 사람 좋은 미소를 지었다.

"우리는 어떤 방식으로든 좋습니다. 그러니 합작에 관한 세부적인 부분은 귀국이 먼저 정리해서 의논하는 것이 좋겠습니다."

베베르가 즉석에도 동의했다.

"알겠습니다. 그 부분은 본국과 상의해서 최상의 조건을 만들어 보겠습니다."

"그렇게 하십시오."

보름 가까이 진행된 협상이 드디어 끝났다. 그동안 마음고생이 심했던 베베르 공사는 큰 짐을 내려놓은 표정을 지었다.

대진도 마찬가지였다.

대한제국에 있어 북해도는 일본을 견제하는 데 필요한 영역일 뿐이었다. 그런 북해도에 러시아가 진출하게 되면 대한제국은 너무도 자연스럽게 빠져나올 수가 있었다.

그러한 북해도를 러시아에 넘겨주면서 소원하던 아무르강의 남부와 사할린을 얻게 되었다. 여기에 쿠릴열도까지 넘겨받으면서 나름의 목적은 충분히 달성하고도 남았다.

두 사람이 웃으며 악수했다. 그런 두 사람의 표정은 더없이 환하고 밝았다.

최종 협상은 며칠 후에 있었다.

대진이 최종 제안에 대해 러시아의 결정을 받아야 하기 때문이다. 그런데 이 제안에 러시아가 더 적극적으로 나섰다.

러시아는 대륙종단철도부설을 오래전부터 고심해 오고 있었다. 그러나 러시아는 철도를 부설할 기술도, 자금도 여의치 않았다.

러시아의 발전을 불안해하는 유럽 제국들이 기술이전을 극력 꺼렸기 때문이다. 그래서 러시아는 로스차일드 가문에 의사 타진까지 하고 있었다.

로스차일드 가문은 막대한 자본을 전 세계 철도사업에 엄청난 투자를 하고 있었다. 이런 로스차일드 가문에 있어 러시아는 맛좋은 먹잇감에 불과했다.

러시아는 이를 알고 있으면서도 어쩔 수 없이 투자를 제안한 상황이었다. 그렇기 때문에 러시아는 대한제국의 합작 제안을 크게 반겼다.

며칠간의 논의 끝에 철도부설 합작은 양측이 만족한 가운데 끝났다.

그와 동시에 영토 교환 협상도 마무리되었다. 협정문은 대진과 베베르가 양국을 대표해 서명했다.

펑! 펑! 펑!

두 사람이 협정문을 교환하니 대기하고 있던 사진사가 촬영을 했다. 이 사진기에도 마군의 선진기술이 들어가 있었다.

지금까지의 사진은 유리 원판이 고작이었다. 그러다 얼마 전부터 대한화학의 원료로 개발한 필름이 본격적으로 선을 보이고 있었다.

화학이 발전하면서 각종 신물질이 대거 만들어졌다. 그런 와중에 필름의 원료가 되는 셀룰로이드와 폴리에스테르가 개발되었다.

이렇게 해서 만들어진 필름은 세계 최초로 특허를 획득했다. 아울러 사진기도 휴대용이 만들어지면서 폭발적인 인기를 끌고 있었다.

베베르가 손을 내밀었다.

"좋은 협상을 해 주어서 고맙습니다."

대진이 화답했다.

"아닙니다. 공사님께서 어려운 결단을 해 주어서 좋은 결과를 얻게 되었습니다."

베베르가 호탕하게 웃었다.

"하하하! 그나저나 앞으로 2년 동안 양국이 모두 바쁘겠습니다. 양측의 주민과 군대를 모두 이전하려면 인력도, 장비도 많이 필요할 것이고요."

대진도 동조했다.

"그러게 말입니다. 그리고 본국은 주민과 병력의 이주를 위해 1,000톤급 수송선을 10여 척 투입할 것입니다. 그러니 필요하시다면 우리 수송선을 적극 활용하십시오."

베베르 공사가 반색했다.

"오! 그렇게 해 주신다면 이주 일정을 훨씬 앞당길 수 있겠습니다. 실무진과 적극적으로 검토를 하겠습니다."

"그렇게 하십시오. 그리고 만일에 대비해 북해도에 상당한 병력을 주둔시켜야 할 것입니다."

베베르가 장담했다.

"그 점은 조금도 걱정하지 않아도 됩니다. 귀국이 넘겨주는 항구를 태평양함대의 모항으로 사용하기로 결정했습니다. 그래서 해군 병력만 해도 1만여 명이 주둔하게 됩니다. 아울러 지상군도 그 정도는 주둔할 것이고요."

"그렇다면 안심이군요."

베베르는 진심으로 고마워했다.

"감사합니다. 백작님 덕분에 우리 러시아는 오랜 숙원을 풀 수가 있었습니다. 아울러 태평양 진출에도 청신호가 켜졌고요."

"저도 고맙습니다. 비록 전부는 아니지만 협상으로 고토를 수복할 수 있었던 것은 전적으로 공사님의 도움 덕분입니다."

두 사람은 서로를 보며 환하게 웃었다. 그러고는 한 번 더 굳게 악수하고서 헤어졌다.

대진은 곧바로 황제의 집무실로 건너갔다. 황제의 집무실에는 소식을 듣고 한양에서 올라온 대원왕도 기다리고 있었다.

대원왕이 환대했다.

"어서 오게. 어떻게, 협상을 잘 끝났나?"

대진이 협정문을 공손히 바쳤다.

"예, 다행히 우리가 바라는 대로 마무리를 지었습니다."

대원왕이 서류를 황제에게 넘겼다.

"고생이 많았어. 황상께서 먼저 검토해 보시게."

황제도 치하했다.

"고생 많았습니다, 이 백작."

"황감하옵니다."

황제가 협정문을 검토했다.

"이주 기간을 2년으로 정했네요."

"예, 병력의 이동과 주민 이주는 일조일석에 이뤄지지 않습니다. 그래서 기한은 2년으로 정했지만 병력과 관리들은 먼저 들어갈 수 있도록 사전 조치해 두었습니다."

"시설물은 어떻게 처리하기로 했나요?"

"건물은 일체 손대지 않기로 했습니다. 집기도 기밀을 요하는 것을 제외한 대부분은 그냥 두기로 했습니다. 그 대신 민간은 개인이 원하는 만큼 가져가기로 했고요. 그에 따른 세부 내용은 협정문에 기재되어 있습니다."

황제가 협정문을 다시 살폈다. 그러던 황제의 용안이 더없이 환해졌다.

"역시 이 백작이군요. 필요한 내용이 조목조목 기재되어 있어요."

"이런 일일수록 내용이 상세한 것이 좋습니다. 그래서 세밀히 따져서 필요한 내용은 부칙으로까지 만들어 놓았습니다."

"잘했습니다."

대원왕이 협정문은 넘겨받았다.

"아무르강은 과인이 알고 있는 흑룡강이 맞지?"

"그렇습니다."

대원왕도 협정문을 살폈다.

"역시! 세밀히 잘 작성되었구나. 그런데 흑룡강에 있는 하중도(河中島)를 우리가 전부 넘겨받기로 되었구나."

대진이 설명했다.

"흑룡강은 강폭도 넓고 수량도 상당합니다. 겨울에는 반년 가까이 얼기도 하고요. 그로 인해 하중도가 곳곳에 산재해 있습니다. 이런 섬에 대한 영유권을 분명히 해 놓지 않으면 나중에 국경분쟁이 발생할 수가 있습니다."

"그래도 전부를 양도받는 일은 쉽지 않았을 터인데?"

"베베르 공사가 흑룡강의 세세한 사정을 잘 모르고 있었습니다. 그래서 섬들을 쉽게 넘겨주게 된 것이고요."

"하하하! 잘되었구나."

황제가 나섰다.

"참으로 고생이 많았습니다."

"아닙니다. 당연히 저에게 부여된 임무를 했을 뿐입니다."

"그런데 사할린 섬 때문에 약간의 진통이 있었다고요?"

"예, 그렇습니다. 러시아로서는 사할린을 넘겨받으면 북해도 경영이 훨씬 쉬워집니다. 그래서 처음에는 자신들이 갖고 있으려고 했습니다만 동토의 섬이다 보니 쉽게 포기했습니다."

"동토의 섬이면 우리가 양보를 하지 않고요? 잘못했다간 연해주도 얻지 못할 뻔했지 않습니까?"

대진이 정색을 했다.

"그렇지 않습니다. 이번 영토 협상의 핵심은 사할린 섬이라 해도 과언이 아닙니다."

황제가 놀랐다.

"그래요?"

"예, 사할린은 겉으로 보기에는 그저 동토에 불과합니다. 그러나 실상은 지하에 엄청난 자원이 매장되어 있습니다."

황제의 용안이 커졌다.

"짐은 처음 듣는 말입니다."

"저희들이 보유한 자료에 따르면 자원의 보고라 해도 과언이 아닙니다."

대진이 사할린에 대해 간략하게나마 설명해 주었다. 황제가 크게 고개를 끄덕였다.

"그렇군요. 그래서 이 특보가 끝까지 사할린을 넘겨받으려고 했던 거로군요."

"그렇습니다. 지금 당장은 개발이 어렵습니다. 개발해도 아직은 실익이 별로 없고요. 그러나 우리 후손을 위해서 반드시 갖고 있어야 하는 귀중한 섬입니다."

"무슨 말씀인지 알겠습니다."

대화를 듣던 대원왕이 나섰다.

"어쨌든 이 백작이 이번에도 큰 공을 세웠어."

"제가 할 일을 했을 뿐입니다."

"허허! 이렇게 큰 공을 세우고도 겸양을 하다니 대단해."

"과찬이십니다."

대원왕이 황제를 바라봤다.

"황상, 나라의 경사입니다. 그러니 연회라도 베풀어서 축하를 해야 하지 않겠습니까?"

황제가 즉석에도 동의했다.

"당연히 그래야지요. 일간 날을 정해 외교사절도 전부 초대해서 큰 연회를 베풀겠습니다. 아버지께서도 꼭 참석해 주십시오."

"그렇게 하리다."

협정 체결 소식은 다음 날 모든 신문의 1면을 장식했다.

사람들은 협상만으로 넓은 영토를 교환했다는 사실에 놀랐다.

서양 외교관들은 발 빠르게 움직였다.

서양 외교관들도 놀라긴 마찬가지였다. 그러나 이들에게 놀라움은 잠깐이었고, 영토 교환으로 파생되는 문제에 대해 촉각을 곤두세웠다.

이들은 본국에 급전을 타전했다.

그러고는 온 사방으로 사람을 풀어 정보를 입수하느라 정신들이 없었다. 그리고 대부분의 주한공사들이 대진과 면담을 가졌다.

대진은 면담에서 솔직히 밝혔다.

영토 교환은 대한제국의 숙원인 고토 수복의 일환이었다는 사실을.

이런 대진의 발언을 들은 대부분의 외교관들은 수긍했다.

주한 외교관들은 대한제국이 고토 수복을 위해 북벌을 감행한 사실을 잘 알고 있었다. 그리고 황하 이북을 돌려줄 정도로 영토 확장보다 명분을 중요시한다는 사실도 잘 알고 있었다.

그러나 영국은 달랐다.

영국은 100년 가까이 러시아와 그레이트 게임을 벌이고 있었다. 영국은 러시아의 팽창정책을 극도로 경계해 왔다.

그래서 중앙아시아 곳곳에서 러시아와 충돌해 왔다. 그런 영국에 있어 러시아의 북해도 진출은 일종의 충격이나 다름없었다.

해리 파크스가 대진을 방문했다.

"어서 오십시오, 공사님."

해리 파크스가 손을 내밀었다.

"축하드립니다."

"감사합니다."

"소식을 듣고 너무도 놀랐습니다. 영토 교환이라니요? 그것도 상당한 면적을 말입니다. 어떻게 이런 협상을 기획할 수 있었던 것입니까?"

대진이 상황을 설명했다.

"별거 없었습니다. 공사님께서도 아시다시피 우리 대한은 영토 확장에 큰 관심이 없습니다. 그저 고토만큼은 반드시 수복해야 한다는 목표만을 갖고 있었지요. 반면에 러시아도 연해주와 북만주가 우리 고토라는 사실을 알고 있었고요. 그런 이해관계가 맞아떨어진 것이지요."

"이번에 영토 교환 협상이 없었다면 러시아와의 전쟁도 불사했을 거라는 말로 들립니다."

대진이 부인하지 않았다.

"물론입니다. 러시아가 교환 협상을 반대했다면 전쟁은 필연이었겠지요."

파크스가 무겁게 고개를 끄덕였다.

"러시아도 그런 사실을 알고 있었을 것이고요."

"당연하지요. 그뿐만이 아니라 전쟁이 벌어졌다면 시베리아 동부까지 우리가 장악할 거라는 예상도 했을 겁니다."

"그만큼 전쟁에 자신이 있었다는 말씀이군요."

대진이 상황 설명을 했다.

"연해주를 포함한 시베리아 동부에 배치된 러시아군은 1만여 명이 고작입니다. 동부총독부가 있는 이르쿠츠크에 주둔해 있는 병력도 1개 사단 정도이고요. 이런 병력을 우리 군이 이기지 못할 까닭이 없지요. 아마도 1개 군단만 동원해도 충분했을 겁니다."

해리 파크스도 동조했다.

"귀국의 강력한 군사력을 감안하면 그 정도로도 충분했겠지요."

"우리가 영토 욕심이 많았다면 그렇게 했을 겁니다. 그러나 우리는 지금의 영토만으로도 충분합니다. 그리고 무엇보다 러시아와 척지고 싶지가 않았고요."

해리 파크스가 아쉬워했다.

"아쉽네요. 귀국이 거병했다면 우리 대영제국이 적극적으로 도움을 주었을 것입니다. 그랬다면 귀국은 손쉽게 시베리아 동부까지 장악했을 터인데 말입니다."

대진이 고개를 저었다.

"말씀만 들어도 고맙습니다. 하지만 방금도 말씀드렸다시피 우리는 영토 욕심이 그렇게 많지가 않습니다."

해리 파크스는 아쉬웠다.

영국의 입장에서는 당연히 대한제국이 러시아와 격돌해야 좋았다. 그래야 페르시아 일대에서 벌어지고 있는 러시아의 남진을 손쉽게 저지할 수 있기 때문이다.

그런데 반대의 상황이 되었다.

대한제국과 러시아가 반목하기는커녕 협상으로 북해도까지 내주게 되었다. 그로 인해 러시아가 태평양 진출의 교두보가 확보하면서 영국의 국익에 큰 부담으로 작용하게 되었다.

이런 사실을 대진에게 대놓고 말할 수는 없었다. 아무리 가까운 사이라 해도 국익에 관한 사항은 철저하게 조심해야 한다.

그러나 전부를 숨길 수도 없었다.

해리 파크스가 한숨을 내쉬었다.

"하! 이번 협상으로 귀국에는 숙원을 풀게 되었지만 본국에는 큰 부담이 되었습니다."

대진이 모른 척 반문했다.

"그게 무슨 말씀입니까? 이번 협상이 귀국의 국익에 무슨 부담이 됩니까?"

해리 파크스가 설명했다.

"러시아는 중앙아시아 초원에서 무지막지하게 세력을 확장해 왔습니다. 그런 러시아를, 우리 영국은 크게 경계해 왔지요. 그런데 이번 협정으로 러시아는 그토록 소원하던 부동항을 얻게 되었습니다. 그것도 태평양 진출에 아주 용이한 지역을요. 앞으로 러시아가 태평양에서 얼마나 활개를 치고 다닐지 걱정입니다."

대진도 당연히 알고 있는 사실이었다. 그럼에도 생각지 못했다는 표정을 지으며 놀란 척했다.

"아! 그런 속사정이 있었군요. 저는 거기까지는 생각을 못 했습니다."

"그러시겠지요. 귀국의 입장에서는 무엇보다 고토 수복이 우선이었을 터이니 말입니다."

해리 파크스는 몇 번이고 아쉬움을 토로했다. 대진은 그런 그를 연신 다독이면서 겉으로는 미안한 척했다.

그러나 내심은 달랐다.

'영국과 러시아가 다툰다고 해서 우리가 거기에 끼어들 필요는 없다. 우리는 부국강병을 위한 우리 길만 걸어가면 된다. 그리고 지금의 우리에게는 영국보다 러시아와 교류하는 것이 국익에 훨씬 도움이 된다. 더구나 북해도에 러시아가 진출하게 된 것은 일본을 압박할 수단으로도 그만이다.'

실익이 없던 대한제국으로서는 북해도에 러시아가 진출해 있는 것이 좋다. 그래야 일본도 견제를 하고 북태평양을 자신의 안방처럼 휘젓고 다니는 미국도 견제할 수 있기 때문이다.

'지금의 우리는 북태평양으로 눈을 돌리는 것이 아직은 어렵다. 그래서 러시아가 미국을 견제해 준다면 금상첨화다.'

이런 생각을 갖고 있었기 때문에 해리 파크스의 은근한 불평을, 대진은 웃으며 받아 주었다. 그런 대진의 내심을 모르는 해리 파크스는 한동안 푸념을 털어놓고서 돌아갔다.

며칠 후.

황궁 연회장에서 축하 연회가 개최되었다. 서양 외교관들은 한 명도 빠지지 않고 연회에 참석했다.

해리 파크스 영국공사도 당연히 이 연회에 참석했다.

그는 며칠 전과 달리 대한제국의 고토 수복을 누구보다 축하해 주었다.

그러나 이 일이 모두에게 축복인 것은 아니었다.

누군가에게는 축복인 일이, 누군가에게는 비극일 수가 있다.

일본이 바로 그런 형국이었다. 하나부사 공사로부터 보고받은 일본 내각은 뒤집어졌다.

쾅!

패전의 결정적 책임이 있었던 야마가타 아리토모는 육군경의 자리에서 물러났다. 그러던 그는 몇 년 만에 내각 최고인 내무경의 자리에 올라 있었다.

그가 탁자를 내리쳤다.

"지금 무슨 말을 하는 겁니까? 조선, 아니 한국이 러시아와 북해도를 교환하다니요."

외무경인 이오누에 가오루[井上馨]가 나섰다.

"조선공사의 보고에 따르면 며칠 전 한국과 러시아가 영토교환 협상을 체결했다고 합니다. 그 결과 한국은 러시아에게 북해도를 내주고 그 대신 연해주 일대를 얻었다고 합니다. 사할린도 함께요."

쾅! 쾅! 쾅!

"이런 빌어먹을 일이 있나! 북해도는 언젠가 수복해야 할 우리의 영토입니다! 그런 북해도를 러시아에게 넘겨주다니요!"

야마가타가 씩씩댔다.

그러자 이토 히로부미가 나섰다.

이토 히로부미는 2년 전 내무경까지 올랐다가 사임했다.

그러고는 18개월간 영국과 독일을 차례로 들러서 헌법 등을 연구하고서 귀국했다.

"안타까운 일이군요. 러시아는 영국과 맞설 정도의 강대국입니다. 그런 러시아가 북해도로 진출하게 된 것은 최악이라고 할 수 있습니다."

야마가타 아리토모도 동조했다.

"큰일입니다. 이제 겨우 전란을 수습한 상황에서 이런 일이 벌어지다니요. 이 상황을 어떻게 해결해야 합니까?"

이토 히로부미가 고개를 저었다.

"안타깝지만 지금 당장은 해결책이 없습니다. 지금의 우리로서는 아직 넘어야 할 산도 많고 건너야 할 강도 많습니다."

야마가타가 한숨을 내쉬었다.

"후! 뭐 하나 쉬운 일이 없네요. 다른 나라는 모르겠지만 한국과는 정말 한 하늘을 이고 살 수가 없습니다."

이노우에 외무경이 나섰다.

"이토 히로부미 각하의 말씀대로입니다. 지금은 모든 국력을 모아 흩어진 내실을 다져 나가야 합니다. 그리고 당면 과제인 규슈부터 먼저 무너트려야 합니다."

야마가타가 주먹을 움켜쥐었다.

"맞습니다. 지금의 우리에게는 북해도가 아니라 규슈부터 정리해야 합니다."

"예, 그러니 지금은 안타깝지만 북쪽은 돌아보지 마십시오. 공연히 분통만 터집니다."

"후! 그러지요. 이 치욕은 언젠가 반드시 갚도록 하지요."

"잘 생각하셨습니다. 지금의 울분은 잘 참아 두셨다가 반드시 되갚아 주세요."

"알겠습니다."

야마가타 아리토모가 이토 히로부미를 바라봤다.

"내각제에 대한 정리는 다 끝내셨습니까?"

"그렇습니다. 대강의 완성을 봤습니다. 이제 조금만 더 내용을 다듬으면 천황 폐하께 칙허를 받아도 됩니다."

"얼마나 시간이 더 걸리겠습니까?"

"늦어도 연말 전에는 완성을 볼 수 있을 것입니다."

"아! 다행이군요. 그러면 연말 전에 정식 내각을 발족할 수 있겠습니다."

일본은 명치유신 이후 율령 제도하에서 태정관제를 운용하고 있었다. 이러한 태정관은 8세기경의 제도로, 지금 시대와는 어울리지 않은 구체제였다.

이토 히로부미는 일본이 서구 열강과 어깨를 나란히 하려면 거기에 맞는 체제가 필요하다고 생각했다. 그래서 지난 2년 동안 유럽을 둘러보며 헌법과 국가체제를 연구해 왔다.

이토 히로부미가 대답했다.

"우선은 정식으로 내각을 발족하는 것이 중요합니다. 그러고 나서 시간을 두고 헌법 등을 연구해서 지금 시대에 맞는 새로운 법체계를 구축해야 합니다."

야마가타의 목소리가 커졌다.

"전적으로 동의합니다. 하루빨리 새로운 내각을 발족해야 합니다. 그렇게 나라를 안정시킨 연후에 규슈 반역 도당을 찍어 내야 합니다."

이노우에도 적극 동조했다.

"옳은 말씀입니다. 북해도는 그 이후입니다. 그리고 어떻게 보면 잘된 일일 수도 있습니다."

야마가타가 의아해했다.

"잘된 일이라니요? 그게 무슨 말씀입니까?"

"북해도를 한국이 차지하고 있으면 전면전을 벌여야만 탈환할 수 있습니다. 지난 전쟁을 놓고 보면 한국과의 전면전은 아무래도 문제가 있지 않겠습니까?"

야마가타가 바로 한숨을 내쉬었다.

"후! 솔직히 부담스럽습니다. 나중에라도 장담하기 어려운 것도 사실입니다."

"예, 맞습니다. 그러나 러시아는 다릅니다. 러시아가 영국에 버금가는 강국이라 해도 북해도는 그들의 영토에서 떨어져 있는 섬입니다. 그러기 때문에 우리가 규슈를 통합한 뒤 전력을 기울인다면 수복을 못할 것도 없습니다."

야마가타의 안색이 환해졌다.

"오! 그러네요. 외무경의 말씀을 들어 보니 충분히 일리가 있습니다. 어떻게 보면 한국보다 러시아를 상대하는 것이 좋을 수도 있겠습니다."

이토 히로부미도 동조했다.

"외무경이 정확한 지적을 하셨습니다. 러시아가 아무리 강국이라 해도 북해도에 수십만의 병력을 주둔시킬 수는 없습니다. 우리가 규슈를 통일해서 내실을 다지며 군사력을 배양한다면 분명 수복할 길이 보일 것입니다."

세 사람은 서로를 보며 크게 고개를 끄덕였다. 야마가타 아리토모가 주먹을 움켜쥐었다.

"예, 참고 때를 기다립니다. 월(越)왕 구천(勾踐)은 20여 년 동안 쓸개를 씹으면서 복수를 되새기다가 결국 오(吳)나라를 멸망시켰습니다. 우리는 아직 젊고 시간은 충분하니 힘을 기르다 보면 분명 복수의 길이 보일 것입니다."

"맞는 말씀입니다."

"그리고 이번에 새롭게 출범하는 내각은 이토 히로부미 공께서 총리를 맡아 주셨으면 합니다."

그 말에 이토 히로부미가 펄쩍 뛰었다.

9장

　"그럴 수는 없습니다! 내무경이 계시는데 제가 맡을 수는 없지요."

　야마가타가 고개를 저었다.

　"아닙니다. 제가 내무경이 된 것은 이토 히로부미 공께서 서양을 가셨기 때문입니다. 이제 2년여의 외유를 마치고 돌아오셨으니 당연히 제자리를 찾으셔야지요."

　이노우에 가오루도 동조했다.

　"옳은 말씀입니다. 이럴 때일수록 국력을 결집시켜야 합니다. 그러기 위해서는 이토 히로부미 공께서 내각의 수장이 되는 것이 당연한 이치입니다."

　야마가타가 거듭 요청했다.

"맞습니다. 저는 제 본분인 육군을 다시 맡아서 더욱 분발하겠습니다. 그러니 공께서 내각 총리대신이 되어 나라를 이끌어 주십시오."

이토 히로부미는 바로 답을 하지 않았다.

물론 권력욕이 큰 그는 내심으로는 야마가타의 요청을 이미 수락하고 있었다.

그렇지만 겉으로는 겸양하는 척했다.

"제가 중책을 맡아도 되는지 모르겠습니다."

이노우에가 적극 권했다.

"지금의 우리 일본에는 경륜이 많은 이토 히로부미 공이 반드시 필요합니다. 그러니 더 사양하지 마시고 내무경의 말씀에 따르시지요."

"으음! 여러분이 의견이 그렇다면 거기에 따르겠습니다."

"잘 생각하셨습니다."

야마가타도 흐뭇한 표정을 지었다.

"저의 제안을 받아 주어서 고맙습니다."

이토 히로부미가 한숨을 내쉬었다.

"하! 이런 때 오쿠보 도시미치 공이 있었다면 총리대신을 신경 쓰지 않아도 될 터인데, 안타깝습니다."

그 말에 두 사람의 안색이 흐려졌다.

오쿠보 도시미치는 사이고 다카모리, 기도 다카요시와 함께 유신삼걸로 꼽힌다. 이들 중 기도 다카요시가 병으로 요절하면서 권력은 오쿠보 도시미치와 사이고 다카모리 두 사람에게 집중되었다.

그러던 중 정한론으로 권력투쟁이 벌어지면서 사이고 다카모리가 낙향하였다. 사이고 다카모리의 낙향으로 권력은 자연스럽게 오쿠보 도시미치가 장악했었다.

그런 오쿠보 도시미치도 한일전쟁 패전 이후 암살을 당하면서 유신정부를 이끌던 중추들이 모두 사라져 버렸다. 그 바람에 권력은 자연스럽게 이토 히로부미에게로 집중되고 있었다.

야마가타가 고개를 저었다.

"지난 일을 돌이킬 수는 없습니다. 지금은 이토 히로부미 공을 중심으로 뭉쳐야 합니다. 그래야 우리도 살고 나라도 살수가 있습니다."

이 말에 모두가 고개를 끄덕였다.

일본은 1867년 대정봉환(大政奉還) 이후 쇼군에서 천황에게로 국가 통치권이 넘어갔다. 그러나 이는 형식적인 것에 불과하며, 실질적으로 나라를 이끌고 있는 사람들은 유신지사로 불리는 소수였다.

이렇듯 일본을 이끄는 인사들은 러시아의 움직임을 자신들에게 유리하게 해석했다.

그러나 일본의 심층부에는 대진의 치밀한 계획에 따라 여러 친한 인사들이 활약하고 있었다. 덕분에 일본 내각의 움직임은 어렵지 않게 요코하마의 한국 공사관에 알려졌다.

박정양 공사가 이상재 서기관을 불렀다.

"이 서기관, 일본 내각의 움직임을 비밀 전문으로 시모노세키영사관에 보내 주게."

"알겠습니다."

대한제국과 일본은 아직 해저케이블로 연결되어 있지 않았다. 그래서 시모노세키영사관으로 전문을 보내면 배를 이용해 부산으로 전달되고 있었다.

요코하마공사관에서 보낸 전문은 시모노세키를 통해 부산으로 전달되었다. 그렇게 전달된 전문은 다시 전신을 통해 요양의 외무부로 전해졌다.

대진은 마침 외무부에 볼일이 있었다. 그래서 일본에서 보내온 전문을 바로 읽을 수 있었다.

"일본이 나름대로 충격을 많이 받았나 보네요."

외무대신이 동조했다.

"충격이 컸겠지요. 그들에게 북해도는 언젠가 수복해야 할 영토로 생각하고 있었을 터이니까요. 그런 북해도가 생각지도 않게 러시아에게로 넘어갔으니 많이 당황하겠지요."

"맞는 말씀입니다. 그래도 한편으로는 다행이라고 생각하고 있을 가능성도 있습니다."

"그래요?"

"우리와는 직접 전쟁을 치러 봤지 않습니까? 그러기 때문에 일본 내각은 누구보다 우리의 군사력을 잘 알고 있을 겁니다. 반면에 러시아는 본국과 워낙 거리가 멀지 않습니까?"

외무대신이 고개를 끄덕였다.

"그럴 수도 있겠네요. 러시아와 일본이 전쟁을 벌인다면 본토와의 거리가 가장 큰 문제가 될 수가 있겠습니다."

"러시아의 가장 큰 취약점이지요."

"대륙종단철도가 완성되면 그 문제점이 크게 개선되지 않겠습니까?"

"그렇기는 합니다. 그러나 워낙 멀리 떨어져 있는 근원적인 문제는 해결될 수가 없지요. 그 대신 우리가 전해 준 신종 볍씨가 있어서 식량 생산에는 큰 도움이 되어서 전쟁이 벌어진다고 해도 쉽게 무너지지는 않을 겁니다."

"그렇겠군요. 그런데 오늘은 어인 방문입니까?"

대진이 대답했다.

"하와이를 다녀오려고 합니다."

"하와이라면 태평양 중앙에 있는 섬나라가 아닙니까?"

"그렇습니다. 지난번의 방문에서 하와이국왕과 상당한 교감을 나누었습니다. 그래서 이번에 다시 찾아뵙고서 국익에 도움이 되는 일을 해 보려고 합니다."

"좋은 계획이라도 있으신가 봅니다."

그 말에 대진이 계획을 설명했다.

외무대신이 크게 반겼다.

"그렇게만 된다면 우리로서는 더없이 좋은 일이지요. 아울러 미국의 팽창도 견제할 수 있고요."

대진이 크게 웃었다.

"하하! 맞습니다. 그런데 호놀룰루영사관은 어떻게 운영되고 있습니까?"

"대리영사였던 조영수 씨를 정식영사로 임명해서 업무를 보게 하고 있습니다."

"아! 그거 아주 잘되었군요. 정식영사가 임명되었다는 것을 보니 그만큼 우리 주민이 많이 이민을 갔나 봅니다."

"그렇습니다. 자세히는 기록을 봐야 알겠지만 수백 명은 될 것입니다."

대진이 놀랐다.

"그렇게나 많은 주민이 이주를 했습니까?"

"영국인 지주들이 꾸준히 하와이를 떠나고 있다고 합니다. 그들이 내놓은 농장을 조영수 영사의 중재로 우리가 지속적으로 매입하면서 이민이 급증하고 있는 상황입니다. 인부들은 일본에서 꾸준히 공급받고 있어서 수급에도 별문제가 없는 상황이고요."

대진이 흡족한 표정을 지었다.

"잘 진행되고 있어서 고무적이군요. 군사고문단은 잘 적응하고 있습니까?"

"물론입니다. 보고에 따르면 하와이 병력을 잘 조련시키

고 있다고 합니다. 하와이국왕도 대단한 만족감을 표시하고
있고요."

"다행입니다."

대진이 자리에서 일어났다.

"그러면 저는 황제 폐하를 배알해야 하니 이만 일어나도록
하겠습니다."

외무대신이 일어나 손을 내밀었다.

"조심해서 잘 다녀오십시오."

"감사합니다."

외무부를 나온 대진은 황제를 찾아뵈었다. 그 자리에서 하
와이 출장 계획을 보고했다.

황제가 큰 관심을 보였다.

"꽤 오랜만에 하와이를 방문하지요?"

"예, 지난 1879년에 방문했기 때문에 햇수로는 6년 가까이
됩니다."

"그렇군요. 이민은 잘 진행되고 있습니까?"

대진은 외무대신에게 들었던 사정을 보고했다. 그 말을 들
은 황제는 크게 고개를 끄덕였다.

"이 백작의 계획대로 진행되고 있군요."

"예, 그렇습니다. 하와이는 처음부터 투자이민을 계획했
었는데 그대로 잘 시행되고 있습니다."

"이번 출장은 그것을 확인하려는 겁니까?"

"그렇기도 하지만 다른 계획도 있습니다."

대진이 계획을 설명했다. 설명을 들은 황제도 적극적으로 찬성했다.

"그거 아주 좋은 계획이군요. 충분히 시도해 볼 만하겠습니다."

"감사합니다."

황제를 배알한 대진은 수군사령부를 찾았다. 그러고는 하와이 출장과 자신의 계획을 밝히고는 함정을 지원받았다.

다음 날.

대진이 부산으로 내려가 배를 탔다.

그리고 며칠 후.

하와이 호놀룰루에 도착했다.

부산과 호놀룰루 사이에는 비정기적이지만 수송선이 운항하고 있었다.

덕분에 대진이 타고 있는 국적선의 입항에는 전혀 문제가되지 않았다. 간단한 함정 수색을 끝내고 대진과 몇 명이 영사관을 찾았다.

조영수가 대진을 보고는 깜짝 놀랐다.

"아이고! 이게 누구십니까? 이 백작님 아닙니까?"

대진이 웃으며 손을 내밀었다.

"하하하! 그동안 잘 지냈습니까?"

"물론이지요. 백작님께서 자리를 만들어 주신 덕분에 공직자가 되어 잘 지내고 있습니다."

"그러시다니 다행이군요. 하와이왕국과의 유대는 괜찮습니까?"

"그렇습니다."

"인종차별은 없습니까?"

"전혀 없다고 볼 수는 없지요. 우리의 세력이 급격히 성장하는 것을 우려한 백인 지주들 중 일부는 노골적으로 경원하기도 합니다. 그러나 아직까지 불미한 일이 일어난 적은 없었습니다."

"다행이군요. 우리 군사고문단은 어떻습니까?"

"국왕의 절대적인 신임을 받고 있습니다. 그 덕분에 우리 같은 민간인도 음양으로 도움을 받고 있고요."

"병력은 많습니까?"

"4개 중대가 전부입니다. 그리고 민병대가 조직되어 있고요."

대진이 놀랐다.

"그동안 양성한 병력이 겨우 그것박에 되지 않습니까?"

조영수가 고개를 저었다.

"국왕은 더 많은 병력을 양성하고 싶어 합니다. 그러나 의회에서 더 이상의 병력 충원을 바라지 않습니다."

"의회가 병력 양성을 막는다고요?"

"그렇습니다. 이곳의 의회는 국왕까지 선출할 정도로 권한이 막강합니다. 그러다 보니 국왕도 의회의 결정에 반대하지 못하는 형편입니다."

대진이 고개를 갸웃했다.

"의외로군요. 지난번에 만났을 때는 그래도 국왕의 권력이 상당한 것으로 느껴졌는데요."

"물론 국왕의 고유 권한이 상당하기는 합니다. 그러나 미국에서 넘어온 주민들이 워낙 많다 보니 의회의 권력이 상당합니다. 더구나 자신을 선발한 의회이다 보니 국왕도 함부로 하지를 못하고요."

대진이 우려했다.

"그렇군요. 의회의 권한이 막강하다면 제 계획을 의회가 발목을 잡을 수도 있겠습니다."

"무슨 계획을 갖고 계신 겁니까?"

대진이 자신의 생각을 밝혔다. 설명을 들은 조영수는 한동안 생각에 빠졌다.

"……어렵기는 하지만 국왕이 용단만 내린다면 못할 것도 없겠습니다."

"의회에서 반대하지 않을까요?"

"영토에 관한 문제는 국왕이 결정하는 것으로 압니다. 제가 알기로 진주만을 의회에서 미국에 제공하려고 했던 적이 있었습니다. 그것을 국왕이 반대해서 무산되었고요. 그리고 무엇보다 걸림돌이 되어 왔던 미국과 체결했던 상호조약도 기한이 끝나기도 했고요."

"그래서 제가 온 것입니다. 그런데 하와이 의회가 진주만을 미국에 제공하려 한 적이 있었다고요?"

"그렇습니다."

"다시 그런 시도가 있을 수도 있겠네요."

"맞습니다. 백작님께서 진주만을 얻으실 계획이라면 신중한 접근이 필요할 것입니다."

대진의 입에서 침음이 나왔다.

"으음! 생각지도 않았던 변수네요."

대진은 하와이국왕과 협상해서 진주만을 얻을 계획을 갖고 있었다. 그런데 조영수의 말을 들으니 생각보다 그 일이 어려울 것 같은 느낌이 들었다.

대진이 주먹을 움켜쥐었다.

"그래도 해 봐야지요. 아무리 어려워도 시도도 안 해 보고 포기할 수는 없는 일이지요."

"맞습니다. 미래라면 어렵지만 지금의 미국은 우리 해군력으로 충분히 압살할 수 있습니다."

조영수도 마군의 해군 부사관 출신이다. 그러다 보니 대진보다 더 적극적으로 나왔다.

대진도 동조했다.

"맞습니다. 미국은 아직은 신흥 강국이지 최강대국은 아니지요."

조영수가 자리에서 일어났다.

"왕궁으로 가시지요. 제가 모시겠습니다."

대진이 놀랐다.

"연락도 하지 않고 바로 가도 됩니까?"

"예, 그렇습니다."

"감사합니다."

대진이 조영수와 함께 하와이 왕궁을 찾았다. 하와이 왕궁은 이전과 달리 경비병이 보초를 서고 있었다.

조영수를 본 왕궁 경비병이 경례했다.

"어서 오십시오, 영사님."

조영수가 능숙한 영어로 질문했다.

"국왕께서는 안에 계신가?"

"그렇습니다."

"국왕께 연락을 넣어 주게. 본국에서 지난번에 찾아왔던 특보님께서 오셨다고 말이야."

"로비에서 잠시 기다리시지요."

조영수가 대진에게 권했다.

"안으로 드시지요."

"고맙습니다."

두 사람은 로비에서 잠깐 기다렸다. 그러자 안으로 들어갔던 경비가 나와서 인사했다.

"들어가시지요. 전하께서 기다리고 계십니다."

조영수가 인사했다.

"고맙네."

조영수가 대진과 함께 하와이국왕의 집무실로 들어갔다. 대진을 본 하와이국왕이 격하게 반가워했다.

"오! 어서 오시오. 이게 대체 얼마 만이오?"

"햇수로 6년여가 되어 갑니다."

하와이국왕이 탄성을 터트렸다.

"아아! 벌써 시간이 그렇게 많이 흘렀군요. 그동안 귀국에 많은 변화가 있었다고요."

대진이 조영수를 바라보니 그가 설명했다.

"제가 몇 번이나 설명을 드렸습니다. 그래서 우리 대한제국이 북방을 장악하고 칭제건원을 한 내용 등을 다 알고 계십니다."

대진이 확인했다.

"이번에 러시아와 영토 교환 협정을 체결한 사실은 모르시지요?"

조영수가 깜짝 놀랐다.

"그런 일이 있었습니까?"

"예, 얼마 전에 러시아와 협상을 체결할 수 있었습니다."

대진이 러시아와의 협상 결과를 설명했다. 조영수는 그 소식을 듣고는 크게 기뻐했다.

"하하하! 그거 아주 잘되었네요! 그 정도면 북방 고토는 전부 수복한 거나 다름없겠습니다."

"예, 북만주 일부는 수복하지 못했지만 그 정도에서 만족하려고 합니다."

"잘 생각하셨습니다. 우리 입장에서 러시아까지 적으로 만들 필요는 없지요."

하와이국왕이 어리둥절해했다.

"무슨 말씀을 그렇게 재미있게 하십니까?"

조영수가 급히 영어로 설명했다. 그 말을 들은 하와이국왕이 눈을 크게 뜨며 놀라워했다.

"그런 일이 있었습니까?"

대진이 설명했다.

"러시아와 우리의 상호이해관계가 맞아떨어졌습니다. 그래서 전쟁을 치르지 않고 협상으로 영토를 교환할 수 있었지요."

하와이국왕이 부러워했다.

"대단합니다. 그런 협상을 할 수 있었던 것은 러시아가 귀국을 인정했기 때문이 아니겠습니까?"

"그건 그렇지요."

하와이국왕이 한숨을 내쉬었다.

"후! 솔직히 부럽네요. 우리 하와이는 영토도 작지만 국력도 약해서 늘 외침의 대상이었습니다. 지금도 사정은 마찬가지고요."

"미국이 도움을 많이 주고 있지 않습니까?"

하와이국왕이 고개를 저었다.

"그렇지가 않아요. 미국은 선의로 지원해 준 적이 없어요. 모든 것이 자신들의 국익에 도움이 되는 방향으로 지원을 결정해 왔지요."

"그래도 관세를 면제해 준 덕분에 사탕수수나 설탕을 대량으로 수출하고 있지 않습니까?"

하와이국왕이 씁쓸한 표정을 지었다.

"그래 봐야 무엇합니까? 그 법에 득을 보는 사람들은 사탕수수 농장의 지주들뿐인걸요."

조영수가 부언했다.

"하와이에는 일정 수익이 없으면 시민권을 받지 못합니다. 그리고 일정한 재산이 없으면 의회 의원으로 출마도 못 하고요."

그 말을 들은 대진이 어이가 없어졌다.

"돈이 없으면 아무것도 못 하네요."

"예, 그렇습니다. 하와이는 물질 만능주의 사회라 해도 과언이 아닙니다."

하와이국왕이 고개를 저었다.

"전부가 미국의 영향 때문이지요. 특보께서 아실지 모르지만 미국은 돈이 없으면 아예 배척받습니다. 일정 소득이 없는 시민에게는 투표권도 주지 않을 정도지요."

"그렇군요. 그러면 원주민인 하와이 부족민들은 어떻게 됩니까?"

하와이국왕이 씁쓸해했다.

"규정은 누구에게나 예외가 없습니다."

대진이 놀랐다.

"그렇습니까? 그렇다면 투표권이 없는 원주민들도 상당하겠습니다."

조영수가 부언했다.

"농장주들 대부분이 백인들입니다. 더구나 하와이 원주민들은 수렵과 채집 생활을 하고 있고요. 그래서 대부분의 원주민들에게는 투표권이 없습니다."

"우리 이주민들은 어떻습니까?"

"농장주들은 전부 시민권을 취득해 투표할 수 있습니다. 하지만 관리자들은 아직 시민권도 없는 상황입니다. 일본인 인부들은 아예 열외이고요."

"그렇군요."

하와이국왕이 손을 들었다.

"무거운 주제는 그만합시다. 오늘 저녁 만찬에 초대할 터이니 그때 다시 뵙도록 합시다."

대진도 고개를 숙였다.

"알겠습니다. 그러면 저는 물러갔다가 시간에 맞춰 다시 들어오겠습니다."

"그렇게 하시지요."

대진은 영사관으로 돌아왔다. 영사관에는 소식을 들은 군사고문단들이 들어와 있었다.

단장인 소령이 먼저 인사했다.

"충성. 처음 뵙겠습니다, 백작님."

대진은 몇 명의 군사고문단과 반갑게 인사를 나눴다. 그러고는 소파에 앉았다.

"지내는 데 불편한 것은 없나?"

"없습니다. 영사님도 잘 대해 주시고 하와이국왕께서도 특별히 신경을 써 주십니다."

"국왕이 병력 양성에 대한 관심이 많나?"

"그렇습니다. 그래서 본래는 연대 규모의 병력을 양성하려고 했는데 의회에서 반대하는 바람에 대대 규모의 4개 중대와 민병대로 줄어들게 되었습니다."

"민병대도 우리 고문단이 훈련을 시키나?"

"아닙니다. 민병대는 자체적인 무장과 훈련을 하고 있습니다."

대진이 조영수를 바라봤다.

"영사님, 우리가 지원한 군사 무기가 얼마나 되지요?"

"소총 1,000정과 야포 10문입니다. 제가 알기로 모두 일본에서 노획한 물건으로 알고 있습니다."

대진이 군사고문단을 바라봤다.

"10문의 야포라면 포대를 조직해도 되지 않나?"

"안타깝게도 포병은 조직하지 않았습니다. 그 대신 호놀룰루 항구와 주변에 해안포대를 구축해 놓고 있습니다."

"수도 방어에 중점을 두었다는 말이구나."

"그렇습니다."

"병력의 훈련 상태는 어때?"

"나름대로 상당히 조련된 상태입니다."

"우리 병력에 비하면 어느 정도이지?"

고문단장이 고개를 저었다.

"우리와는 비교 자체가 어렵습니다."

"그래?"

고문단장이 설명했다.

"원주민들은 천성적으로 낙천적입니다. 그렇다 보니 치열하게 훈련받으려 하지 않습니다."

"병력은 대부분 원주민들인가?"

"아닙니다. 백인도 상당히 있습니다."

대진의 눈이 커졌다.

"백인들까지 있다고? 그들은 지시에 잘 따르고? 혹시 인종차별 때문에 문제가 되었던 적은 없어?"

"예, 하와이라서 그런지 그런 일은 없습니다."

"다행이네. 의회에서 우리 군사고문단의 활동에 대해 비판적인 시각을 갖고 있지는 않아?"

"국왕의 연대 규모 병력 양성 계획을 의회가 막은 것은 맞습니다. 그러나 우리 활동을 갖고 문제를 삼은 적은 없습니다."

대진이 질문했다.

"해군은 있나?"

단장이 고개를 저었다.

"없습니다. 몇 번이고 미국에서 함정을 구입하려고 했는데 그때마다 미국이 거절했습니다."

"하와이국왕도, 의회도 해군 창설에는 반대를 안 한다는 말이네?"

"그렇습니다. 오히려 해군 창설을 아주 바라고 있다는 것이 정확한 표현입니다."

대진이 듣고 싶은 대답이었다.

"그렇구나. 그러면 그들이 원하는 것을 들어주고 우리가 원하는 것을 받을 수도 있겠구나."

고문단장이 고개를 갸웃했다.

"우리가 원하는 것이라니요? 우리 대한이 하와이에서 얻을 것이 있습니까?"

"고문단장은 진주만을 가 본 적이 있나?"

"물론입니다. 진주만은 물이 맑고 잔잔해서 진주 양식의 최적지입니다."

"해군의 주둔지로도 적당하지 않을까?"

대진의 질문에 고문단장이 침음했다.

"음! 내부는 조금만 손보면 해군의 주둔지로 최고입니다.

그런데 입구의 수중에 거대한 산호로 된 산이 자리하고 있습니다. 그래서 진주만을 주둔지로 사용하려면 그것들을 전부 없애야 하는 문제가 있습니다."

"바로는 사용할 수 없단 말이구나."

"그렇습니다. 수중폭파 기술이 있어야 합니다. 그래서 미국도 지금까지 방치해 놓은 것으로 알고 있습니다."

"하와이 의회에서 진주만을 미국에 공여하겠다는 의견이 있었다면서?"

고문단장이 고개를 저었다.

"그 부분은 저는 모르겠습니다. 그러나 미국도 수중폭파 기술이 없어서 지금 당장은 사용이 어려울 것입니다."

"그렇구나. 만일 우리에게 그런 기술이 있다면 진주만을 공여받는 것은 어떻게 생각하나? 물론 그냥은 곤란할 거여서 그만큼의 무언가를 제공해야겠지만 말이야."

고문단장이 격하게 반겼다.

"그렇게만 된다면 최상이지요. 아! 그래서 백작님께서 그들이 원하는 것을 들어주고 우리가 원하는 것을 받아 낸다는 말씀을 하신 거군요."

대진이 인정했다.

"맞아. 나는 하와이 정부에 우리 수군이 보유한 잉여 함정을 제공해 함대를 만들어 주려고 해. 그리고 그 대가로 진주만을 할양받으려고 하지. 이런 내 계획을 어떻게 생각하나?"

"저는 무조건 찬성입니다. 그러나 미국과 유착관계가 많은 의회 의원들의 반대가 걱정입니다."

조영수가 나섰다.

"무슨 일을 하든지 반대는 있기 마련입니다. 만일 이번에 진주만을 얻지 못한다면 두 번 다시 기회는 없을 것입니다. 그리고 진주만에 미군이 주둔하기 시작하면 하와이는 얼마 가지 못하고 미국에 넘어가게 되고 맙니다."

단장이 확인했다.

"하와이를 독립국으로 존속시키기 위해서라도 진주만을 얻어야 한단 말이군요."

"그렇습니다."

단장도 동조했다.

"그 점은 저도 찬성입니다. 이곳에 와 보니 경제는 거의 미국에 종속되어 있더군요. 미국으로의 합병을 원하는 주민들도 일부 있고요. 그런 상황을 타개하기 위해서라도 진주만 공작은 반드시 필요하다고 생각됩니다."

영사에 이어 단장도 찬성했다.

대진은 어떠한 문제가 있더라도 이번 공작을 추진할 생각을 갖고 있었다. 그런 대진에게 두 사람의 찬성은 심정적으로 큰 도움이 되었다.

대진이 고마워했다.

"고맙습니다. 두 분의 말씀을 듣고 나니 더 힘이 나네요."

조영수가 주의를 주었다.

"그러시다니 다행입니다. 그렇지만 오늘 만찬에는 반대파
도 참여할 것입니다. 그러니 그 일은 거론하지 않는 것이 좋
습니다."

"그렇게 하지요."

이날 저녁.

대진과 조영수는 궁전을 찾았다.

조영수의 예상대로 만찬에는 꽤 많은 인원이 참석하고 있
었다. 대진은 이전에 만났던 샌퍼드 돌을 찾았으나 그는 보
이지 않았다.

하와이국왕이 참석자를 인사시켰다.

대진은 인사를 나누면서 자신이 백작이라는 사실도 자연스
럽게 밝혔다. 그러자 참석자들의 자세가 눈에 띄게 달라졌다.

하와이국왕이 웃으며 권했다.

"하하하! 자! 앉으시지요."

"감사합니다."

모두가 국왕을 중심으로 나눠 앉았다. 사람들이 앉자 곧바
로 음식이 코스로 나왔다.

하와이 전통음식은 섬답게 해산물이 많았다. 미국 이민자
들이 많은 탓인지 스테이크를 비롯한 육류도 있었다.

하와이국왕이 와인을 들었다.

"자! 우선 건배합니다. 6년 만에 찾아온 한국의 이 백작의 방문을 환영하면서, 건배!"

"건배!"

모두가 잔을 들고서 건배를 외쳤다. 그러고는 적당히 입술을 축이고서 잔을 내려놓았다.

본격적인 만찬이 시작되었다.

국왕의 군 보좌관은 2명의 대령이었다. 그중 찰스 헤이스팅스 저드 대령이 질문했다.

"귀국의 군사력이 그렇게 대단하다고요? 소식을 듣기로 프랑스의 대함대도 압도적으로 이겼다던데, 맞습니까?"

대진이 분위기를 주도할 수 있는 질문이었다. 대진은 자연스럽게 웃으면서 고개를 끄덕였다.

"물론입니다. 14척의 대규모 함대와 5척의 수송선단, 거기에 여단 병력까지 모조리 나포했지요. 그것도 아군 피해는 10여 명도 되지 않으면서요."

"우와!"

모두가 탄성을 터트렸다.

다음 권으로 이어집니다

꿈의 도약, 로크에서 하십시오
(주)로크미디어에서 신인 작가를 모십니다

즐거운 세상, 로크미디어는 꿈을 사랑하고 도전을 두려워하지 않는 작가 분들의 참신한 작품을 기다리고 있습니다. 21세기 장르 문학계를 이끌어 갈 차세대 선두 주자 (주)로크미디어에서 여러분의 나래를 활짝 펴 보시길 바랍니다.

모집 분야 판타지와 무협을 포함한 장르 문학
모집 대상 아마추어 작가, 인터넷 작가
모집 기한 수시 모집
   작품 접수 시 유의 사항
     1. 파일명은 작가명_작품명.hwp형식을 갖춰 주십시오.
     1. 파일에 들어갈 내용은 다음과 같습니다.
       − 성명(필명인 경우 실명을 밝혀 주세요), 연락처, 이메일 주소
       − 제목, 기획 의도
       − A4용지 1장 분량의 등장인물 소개
       − A4용지 2장 분량의 전체 줄거리
       − 본문
     1. 작품이 인터넷에 연재되고 있다면, 게시판명과 사이트의 구체적이고 정확한 주소를 기재해 주십시오.

선택된 작품은 정식 계약 후 출판물로 간행되어 전국 서점에 유통됩니다.
작가 분은 (주)로크미디어의 전폭적인 지원하에 전속 작가로 활동하시게 됩니다.
※ 자세한 내용은 로크미디어 홈페이지(rokmedia.com)를 참조하세요.

(03920)서울시 마포구 성암로 330 DMC첨단산업센터 3층 318호
(주)로크미디어 편집부 신간 기획 담당자 앞
전화 : 02) 3273-5135
www.rokmedia.com   이메일 : rokmedia@empas.com